KB058876

김한경 시인의

차 한 잔의 행복

김한경 시인의

차 한 잔의 행복

초판 1쇄 인쇄 _ 2022년 9월 5일
초판 1쇄 발행 _ 2022년 9월 10일

지은이 _ 김한경

펴낸곳 _ 바이북스
펴낸이 _ 윤옥초
책임 편집 _ 김태윤
책임 디자인 _ 이민영

ISBN _ 979-11-5877-306-9 03810

등록 _ 2005. 7. 12 | 제 313-2005-000148호

서울시 영등포구 선유로49길 23 아이에스비즈타워2차 1005호
편집 02)333-0812 | 마케팅 02)333-9918 | 팩스 02)333-9960
이메일 bybooks85@gmail.com
블로그 https://blog.naver.com/bybooks85

책값은 뒤표지에 있습니다.

책으로 아름다운 세상을 만듭니다. — 바이북스

미래를 함께 꿈꿀 작가님의 참신한 아이디어나 원고를 기다립니다.
이메일로 접수한 원고는 검토 후 연락드리겠습니다.

김한경 시인의

차 한 잔의 행복

바이북스
ByBooks

초승달 눈썹만큼 남은 일몰日沒의 생生 앞에서, 채우면서 살아온 세월들이 이제는 비우면서 비우면서…

그 많은 만남의 인연들도 하나둘 떠남의 이별로 지워지는…

평생 가슴앓이 한 사랑과 행복도 물음표가 아닌 느낌표, 확인이 아니라

확신이어야 한다는 것도…

짧은 글들을 모아 책으로 엮어주신 '바이북스' 임직원님들께 고마운 마음 전합니다.

– 강원도 함백산에서

2장 ___ 차 한 잔의 행복

3장 ── 다시 보아야 보이는 것들

4장 ____ 사랑하는 사람과 함께하는 시간

1장

나와의 고요한 대화

우리 사이

사람들의 인심이 각박해지고 이기주의 성향으로 흐르다 보니 사랑도 그리 변하는가 봅니다. 요즘 젊은 부부들의 사랑관이, 받는 만큼 줄 거라고들 한답니다. 아니 주는 사랑이 없는데 받는 사랑만이 있을 수 있나요. 아파트 물탱크(옥상 저수조)에 물이 없는데 수도꼭지 튼다고 물이 나오나요. 그 저수조에 물이 차야만 물이 나오지요. 그 물이 바로 부부의 사랑이랍니다. 그래 그 사랑을 마시고, 씻고 음식을 만들어 먹고 사는 것이지요. 사람의 몸은 70%가 물로 구성되어 있다지요. 그 물이 바로 사랑이랍니다.

사람이 살아갈 수 있는 가장 큰 힘의 원천. 그래 진솔한 사랑을 하게 되면 상대의 잡티는 하나도 안 보이고 좋은 점만 크게 보이며, 모든 것을 이해하고, 용서하고, 포용하게 된답니다. 지구라는 별에 태어나서 이러한 사랑을 한 번쯤 해보고 떠난다는 것, 얼마나 아름다운 일일까요.

우리 사이

우리는
내가 있음에
당신도 있음이 아니라
당신이 있어
나도 있음입니다.
하여
둘이 있어야
하나도 있음.
하나가 없으면
둘 다 없음.
우리 사이
그런 사이.

부끄러움

지난 5월 부부의 날에 어느 언론 매체에서 가정주부들에게 설문 조사를 했답니다. 그런데 놀랍게도 가장 못 믿을 사람이 남편이고, 가장 거짓말을 잘하는 사람이 바로 남편이라는 설문 결과가 나왔다는 소식을 접하고는 놀라지 않을 수가 없더군요. 그러니 나도 젊어서는 우리 집사람도 저랬겠지 하는 부끄러운 마음에 새로운 다짐을 다지게 되었답니다.

몇십 년을 함께 살다 늙어가면서 남은 세월 세상에서 가장 신뢰하고 가장 사랑하는 남편으로 새롭게 태어나 저 사람 곁을 지켜줘야겠다는 생각을 했습니다. 그 많은 주부들이 가정을 지키기 위해서 그 긴 세월을 못 믿을 사람, 거짓말쟁이와 죽지 못해 함께 살았을 것을 생각하니, 우리 남편들이 새로운 각오와 다짐으로 부인 곁에 서야 하지 않을까 하는 바람도 함께해보게 됩니다.

김한경 시인의 차 한 잔의 행복

세상에서 가장 소중한 인연을 꼽는다면, 첫째 부모의 은덕으로 세상에 태어나는 인연, 둘째 남남이 만나 부부가 되어 가정을 꾸리는 인연, 셋째 남에게 못된 짓 안 하고 착하게 살다 세상 떠나는 자업자득自業自得의 인연 등이 아닌가 싶습니다.

그래 착하게 살다 보면 꼭 착한 끝이 있으며, 설령 착한 끝을 보지 못하면 아직 때가 되지 않았기 때문이며, 차후 자식들이라도 받게 된다고 합니다.

후회 없는 사랑

사랑만 하기에도 짧디 짧은 세월
당신 열심히 열심히 사랑하세요.
단 한 번뿐인 자신의 생을
아무 조건 없이 당신에게 몽땅 맡겨버린
그 사람 삶을 후회 없이 사랑하고 사랑하세요.

평생 사랑도
이승이 끝나면 순간이니까요.

염치가 있어야 한다

어렸을 적부터 "사람은 염치廉恥가 있어야 한다."는 말을 어른들에게서 자주 들어왔습니다. 사람으로서의 체면과 부끄러움을 알아야 한다는 가르침이지요. 그래서 잘못된 일을 저지르고도 자신의 잘못을 부끄러워하거나 뉘우칠 줄 모르는 것을 '염치없는 사람'이라고 하지요.

사람으로 살다 보면 자의든 타의든 간에 잘못을 저지르게 됩니다. 그러면 그 잘못을 뉘우치고 사죄하고 죄에 대한 대가를 치르고 해야, 그것이 사람으로 성숙해가는 과정이기도 합니다. 그래 잘못을 뉘우치고 용서를 빌면 때로는 가벼워지기도 하고, 용서도 되지만, 그 잘못을 남의 탓으로 돌리거나 변명으로 은폐하려고 하면 잘못은 더욱 무거워지고 용서가 안되지요. 등짐을 진 소금장수와 솜장수가 물에 빠졌을 때와 같은 경우가 되는 것이지요.

김한경 시인의 차 한 잔의 행복

사람이 용감하지 못하면 비겁하진 말아야 하고, 정직하지 못하면 거짓되지는 말아야 합니다. 사람으로 태어나서 '비겁자'나 '배신자'란 주홍글씨의 이름표를 가슴에 달고 평생을 산다는 것이 사람으로서 할 수 있는 짓이 아니지요. 그리고 그 주홍 글씨 이름표 밑에 함께 있는 가족들은 어떻게 해야 하나요.

사람이 사람으로 태어나서 자신에게 부여된 책무를 다하면서 이웃들과 도우며 살아도 부끄럽지 않게 살았다고 자부하기 힘든 세상입니다. 그래 어르신들은 관 뚜껑을 덮고 나서야 그 사람을 평가할 수 있다고 했습니다.

우리 사회를 혼란스럽게 하는 것은, 못난 사람들이 아니라 소위 많이 배워 잘났다는 사람들입니다. 그럼에도 삐걱거리며 그냥저냥 굴러가는 것은, 못났다고 하는 다수의 국민들 덕분이 아닌가 생각됩니다.

아무것도 없어

빈 결망 하나도 버거운 삶인데

너무도 많은 것을 채우려 해서일까?
하루도 거르지 않고 보고 듣고 살았는데
무엇을 보고 듣고 살았는지 모르겠고
평생 주고받고 계산하며 살았는데
무엇을 계산하고 살았는지를 몰라
떠날 때
가지고 갈까 하니
갖고 갈 것이 없고
버리고 가자 하니
버릴 것도 없어.

김한경 시인의 차 한 잔의 행복

어느 성직자의 사랑

강원도 포천에서 인터넷 중독 청소년 치료시설인 '숲속 창의력 학교'를 운영하고 계시는 목사님이 짤막한 글들을 보내주고 계신데, 어느 날 〈북한 어린이들에게 따뜻한 겨울을〉이라는 제목의 글이 왔답니다.

목사님은 북한을 여러 번 다녀왔는데 갈 때마다 가슴 아픈 것은 그곳 어린이들이랍니다. 영양실조로 파리한 모습의 어린이들이 너무 안타까워 13년 전부터 함경북도 길주, 청진, 나진, 선봉 등에 3천여 명의 고아들을 수용하는 고아원을 운영하고 있다고 합니다.

한반도에서 가장 추운 지역에 사는 그 고아들은 난방이 안되는 방에서 담요 한 장으로 지내니, 영양실조에 동상과 피부병 등에 걸려 있어 크지도 못한다고 합니다. 그래 그 고아들이 따뜻한 겨울을 지낼 수 있게 겨울 잠바 한 벌, 내의 두 벌,

양말 두 켤레, 털모자와 장갑 한 켤레, 신발 한 켤레, 그리고 유아들에게는 분유와 담요, 비타민 등 영양제를 보낸답니다. 이 비용이 1인 3만 원 정도인데 교우들이 중국에서 매입하여 함경도 국경 세관을 거쳐 직접 찾아가서 입히고 먹이고 한답니다.

북한 정권이 핵을 만들고 미사일을 쏘면서 아이들을 굶주린 채 버려두는 모습을 보면, 어른들은 못나서 그리 산다고 하지만, 어린이들이 무슨 죄가 있어 나 몰라라 저리 방치하는가 생각하면 울분이 치민다고 합니다. 그러면서 우리가 그 고아들을 돕는 것은 사랑의 실천이고, 동포애의 실천이며, 인류애의 실천이 아니냐고 하면서 동참하실 분을 위해 계좌번호를 알려주고 있답니다.

저는 이 글을 읽으면서 잔잔한 감동과 함께, 참다운 성직자 상을 그려보게 되었답니다. 요즘 사람답게 사는 것을 웰빙 well-being이라 하고, 사람답게 늙는 것을 웰에이징well-aging, 사람답게 죽는 것을 웰다잉well-dying이라고 하는데 이 단어들을 자주 접하게 됩니다.

우리는 암세포가 아니라 백혈구의 삶을 살다 가야겠지요. 하루에도 수천 개의 암세포들이 생기는데 이 세포들을 제압

해서 사라지게 하는 것이 백혈구라고 하지요.

저승이야

울고 웃던 칠십 해가

눈 감으니 일장춘몽

배냇머리 백발 세월

돌아보니 어제오늘

평생을 걷고 뛰고

누워보니 그 자리

구만 리 하늘가에

있겠지 싶었는데

삼베 옷 걸쳐 입고

삼 일 만에 나서보니

에-구-야

방문 밖이 저승이야.

마음의 변화

함백산에서 정선 가는 길가와 바위 절벽에 구절초들이 연보라와 흰 꽃으로 보석을 뿌린 듯 곱기만 해 "야! 참 예쁘기도 하다." 끊임없이 감탄했습니다. 그런데 오늘은 마음이 심란한 탓인지 그 예쁘던 꽃들이 별로 마음에 들지 않습니다. 어제는 좋아서 깔깔대더니만 오늘은 왠지 시큰둥해진 마음의 변화, 어제는 살아 있음만으로도 신바람이 나고 즐겁더니만 오늘은 매사가 공연히 짜증스럽기만 합니다. 어제와 오늘이 이리도 다른 심경의 변화는, 물론 환경의 탓도 있겠지마는 자주 들쑥날쑥 하는 요놈의 변덕도 크게 한몫을 하기 때문인 것 같습니다.

사람의 마음이란 물의 부침浮沈과도 같아서, 어느 날은 침울하여 물속 깊은 곳으로 가라앉기도 하고, 어느 날은 신바람으로 물 위에, 둥실둥실 뜨기도 하니, 물속에 있을 때는 물속 세상을 보고, 물 위에 떠있을 때는 물 밖 세상을 보면서 살아야겠습니다.

사람은 생각하는 동물이기 때문에 심경의 변화도 자주 오게 되고, 그 변화로 인하여 누구나 한두 가지 걱정거리도 안고 살게 되지요. 그래 우리는 한 걱정 넘기면 또 다른 걱정이 생기게 마련이니 그 걱정들을 잘 다독이며 "이번 걱정은 내 곁에서 얼마나 머물다 갈 것인고" 하고 "이 걱정이 떠나면 어느 걱정이 곁에 와 머물 것인고?"라고 위안하면서 말입니다.

그래 사람은 걱정 속에 평생 살다, 편함으로 떠나지요. 하지만 그 걱정들 속에서 우린 희망도 찾고 행복도 만나게 되지요. 그래 우리가 살아가면서 궂은일도, 좋은 일도 만나게 되는 것은 '자신이 살아 있음을 확인시켜 주는 삶의 방편이다' 생각하고는 자신을 다독이고 위로하는 것이 지혜로운 삶이 아닐까 하는 생각도 듭니다.

따듯할 거야

백발이 성성토록

근심 걱정 떠날 날이 없다고 해서

너무 힘들어하지 마시게나.

사는 날보다 떠날 날이

가까워진 세월 살며

우리 알게 된 것 있지.

한 걱정 넘기면 또 한 걱정 생기는 거.

걱정 속에 평생 살다

편함으로 떠나는 거.

걱정도 다독이며 친구처럼 지내는 거.

걱정하는 가운데서 즐거움도 만나는 거.

살아보니 우리네 삶이

참 별거 아니라는 것도….

어제는 덥더니

오늘은 춥지.

내일은 따뜻할 거야.

세월이 가면

산 정수리부터 단풍이 내려오더니만 이제는 산 아래까지 흠뻑 물들어 하루가 다르게 짙어가고 있습니다. 일 년 열두 달, 6개월이 겨울이고 나머지 봄·여름·가을인 이곳 함백산은 한쪽에선 단풍이 들고 한쪽에선 낙엽으로 떨어지는 짧은 가을의 모습이랍니다.

인적 드문 숲길에서 코트 깃을 세우고, 바람 없이도 마구 떨어져 내리는 단풍 비를 맞아가며 땅 위에 떨어져 바스락거리는 잎새들의 영혼의 소리를 들어가며, 박인환 시인의 〈세월이 가면〉을 읊조리기도 하면서 가을 숲속에 푹 빠져봄도 괜찮을 듯싶습니다.

엊그제 아가들의 젖니 같은 새순으로 태어나 잎새 되고 꽃 피우며 초록의 산색으로 우리의 눈과 마음을 맑게 해주었지요. 이제 따가운 여름 햇살로 화상 입은 상처들을 오색의 단풍으로 보이더니만, 가지에 달려 있으면 함께 죽는다는 것을 아는 잎새들은 서둘러 떨어져 몸에 남은 양분을 짜서 뿌리에게 모두 줍니다. 그리고 서걱이는 마른 알몸으로 뿌리의 겨울 이불이 되어주는 저 헌신적인 사랑의 아름다움, 그 사랑의 힘으로 봄이 오면 다시 잎새를 달고 꽃을 피우고 열매를 맺게 되지요.

필자는 여름이 되면, 이번 가을에도 어느 호젓한 곳, 단풍 지는 창가에 앉자 기타를 뜯으며 박인환 시인의 〈세월이 가면〉을 읊조릴 생각에 마음이 설레곤 한답니다.

"사랑은 가고 / 옛날은 남는 것 / 여름날의 호수가 가을의 공원 / 그 벤치 위에 / 나뭇잎은 떨어지고"

명동 선술집, 즉석에서 이 시를 쓰고는 31살 젊은 나이에 홀연히 세상을 떠난 시인 박인환. 사람은 누구나 죽는다고 하지요. 그런데 영원히 살아 있는 사람도 있습니다. 그것은 많은 사람들의 가슴에 영원히 남아 있는 몇 줄의 시를 남기고 간 사람들이지요.

김한경 시인의 차 한 잔의 행복

입동절立冬節

머리털이 쏘-옥 빠질 것 같던 불볕 더위도
절기 따라 슬그머니 물러가시고
조석으로 쌀쌀한 늦가을로 접어드니
잎새라는 잎새들은
형형색색 단풍으로 오색 찬연하더니만
누가 떠나라 했는지
입동절에 단풍 비로 쏟아져 내리고
내리는 만큼씩 나무는 야위고
야위는 만큼씩 겨울은 다가선다.
가지에서 땅 이승과 저승의 거리를
잎새들은 바람 한 점 없이도
서둘러 떨어져 어디론가 훌훌 떠나버림이
가지와 잎새에겐
아픔일까 평화일까?
살붙이 잎새들을 모두 떠나보내고 나면
나무들은 겨울나기에
더욱 수척해지겠지.

단풍으로 일어서서

낙엽으로 털고 가는

짧은 계절.

문인들의 이야기

한국 문단을 대표하는 여류 소설가 박경리 선생과 박완서 선생 두 분이 얼마 전 고인이 되셨지요. 박경리 선생은 노년을 원주 산골에서 혼자 살면서 39편의 시를 남기고 떠나셨습니다. 어느 출판사에서 《버리고 갈 것만 남아서 참 홀가분하다》라는 제목으로 유고시집을 엮어 세간에 내놓아 많은 이들을 감동케 하였지요.

산골에서 외로움을 극복하면서 촘촘히 써 내려간 그의 시에는 "희망을 잃지 않았던 것은 어쩌면 남몰래 시를 썼기 때문인지도 모른다."고 했습니다. 그는 〈옛날의 그 집〉이란 시의 말미에, "모진 세월 가고 / 아! 아! 편하다. / 늙어서 이리 편한 것을 / 버리고 갈 것만 남아서 참 홀가분하다." 고 하셨지요.

그리고 박완서 선생은 구리시 산골에서 "나이가 드니, 마음 놓고 고무줄 바지를 입을 수 있는 것처럼 나 편한 대로 헐

31

렁하게 살 수 있어서 좋고, 하고 싶지 않은 것을 안 할 수 있어 좋다. 다시 젊어지고 싶지 않다. 하고 싶지 않은 것을 안 하고 싶다고 말할 수 있는 자유가 얼마나 좋은데 젊음과 바꾸겠는가."라고 했답니다.

두 분은 소설가로서 화려한 무대를 접고 조용한 시골집에서 노년을 남들과 얼굴 붉힘이 없는 부정不淨한 곳에서 생에 대한 집착을 버리고, 언제이건 죽음을 선뜻 받아들이는 상선약수上善若水의 삶을 살다 가시었습니다.

생에 대한 집착이 크면 클수록 삶의 종말은 추하게 되지요. 그러나 생에 대한 집착을 끊고 죽음을 자연의 섭리로 거리낌 없이 선뜻 받아들일 수 있는 마음 자세, 그것은 쉬운 일도 아니지만 결코 어려운 일도 아닙니다. 마음먹기에 따라 어렵기도 쉽기도 한 일로서 심신수행心身修行이 따르는 일이지요.

아름다운 모습

때를 알고
머물 줄도 떠날 줄도 아시는

저 무욕無慾의 숲

수백 생生을 거듭하는

방하착放下着의 경지

우리 또한

그것에 매달려 있던

울긋불긋 크고 작은

잎새이고 단풍이고 낙엽이었음을

조용히 일깨워 주고 가시는

저 아름다운 모습.

사촌 형님의 꿈

    나이 사십이 조금 넘었을까 했을 때 일입니다. 제 아버님의 혈육이신 형님이 계셨는데, 일찍 돌아가시고 그 형님의 아드님이 한 분 계셨지요. 저보다는 한 이십여 년 연상으로 모 출판사에 다니시면서 저희 집에 자주 왕래하셨는데, 어느 날 많이 아프셔서 오래 못 사실 것 같다고 해 서울 정릉에 그 형님의 집으로 찾아 갔지요.

    내가 가니 누워 계시던 형님이 자기를 좀 일으켜 달라고 해 내 팔에 안아 보니 너무 마르셔서 어린 아이 같이 가볍더군요. 그런 형님이 "아범아, 나 어젯밤에 강 같은 곳인데 나무다리가 놓여 있더라. 그 다리를 건너니 끝도 없이 너른 벌판 위에 생전에 보지 못한 꽃들이 널브러져 있고 듣도 보도 못한 새들이 지저귀는데, 삼십여 명쯤 되는 사람들이 흰 옷을 입고 덩실덩실 춤을 추며 벌판 끝 쪽으로 가더라. 그 주위에

     김한경 시인의 차 한 잔의 행복

는 장구와 꽹과리, 피리들을 불어주는 사람들과 곁에는 포졸들이 창을 들고 호위를 하는데, 내 생전에 보지 못한 아주 평화롭고 아름다운 풍경이었어. 그런데 어느 한 사람이 내 앞을 가로막고 서더니만(얼굴은 잘 알아보지 못하겠더군) 문서를 뒤적이고 나를 자세히 살펴보더니, '당신은 잘못 왔으니, 한 달 후에나 오라.'며 돌아가라고 해 통나무 다리를 다시 건너 되돌아왔어!"

저는 그 이야기를 듣고는 즉흥적으로 그곳이 행여 저승 가는 길인지도 모르겠다는 생각을 했답니다. 그리고는 신기하게도 꼭 한 달 되는 날 그 형님은 이 세상을 떠나셨답니다. 그러다 보니 형님이 말씀하신 꿈의 그곳이 바로 저승 가는 길이라고 확신하게 되었고, 저승 가는 길이 다행스럽게도 그리 평화스럽다는 생각에 죽음에 대한 어둡고 두려웠던 저의 인식을 바꾸려는 계기가 되기도 하였답니다.

그래 저는 그 형님 덕분에 저승 가는 길을 갔다 온 셈이 되었지요. 물론 그 형님의 말로 전해 들었지만, 병세가 아주 위중하시면서도 워낙 상세하게 말씀을 해주시어서 제가 실제로 갔다 온 것 같은 착각을 하게 되었답니다.

오늘 저녁은

날도 더운데
오늘 저녁은
솥에 식은 밥 있겠다.
텃밭에서
상추 쑥갓에 실파 좀 솎고
매콤한 고추 몇 개 따서는
폭 익은 날된장에
손이 흠뻑 젖도록
쌈이나 싸야지.
반주飯酒도 해야지.

상선약수 上善若水

노자老子의 《도덕경道德經》에 '상선약수上善若水'라는 구절이 있습니다. 사람이 살면서 가장 훌륭한 삶은 물처럼 사는 것이라는 의미지요.

물은 지구상 모든 생명체에게는 없어서는 안 되는 생명의 근원입니다. 물이 없이는 생을 지탱할 수 있는 것은 아무것도 없습니다. 사람의 몸도 70%가 물로 구성되어 있듯이 모든 생명체의 공통된 현상입니다.

그럼에도 물은 그러한 공을 과시하거나 권력으로 삼아 요즘 유행하는 '갑질의 횡포'가 아니라 가장 낮은 자세로 낮은 곳으로 흘러내려가, 살아 있는 모든 생명체의 젖줄이 되어주지요. 삼라만상에 도움을 주고 있다는 것까지도 까맣게 잊어버리는 평화로운 마음가짐으로 누구와 겨루거나 다툼不爭이 없으니 시비할 적도 없으며, 누구에게 의지하거나 기댐有待 없이 자연의 섭리에 따라 세상에서 가장 평화로이 유유자적悠悠自適하는 물의 흐름에서 노자는 "물은 도道에 가장 가까운 것이니 가장 착하고 훌륭한 삶上善은 물같이若水 살라."고 오강남 교수는 풀이하고 있습니다

연초에 의정부 아파트 화재 당시 밧줄로 주민 10여 명을 구한 분에게 한 독지가가 자신의 목숨을 걸고 주민들을 구해준 것에 감명받아 3천만 원의 성금을 전하려 했으나 한사코 거절하였다는 신선한 미담이 전해지기도 했습니다. 주인공 이승선 (51세)씨는 20년간 고층건물에 간판 등을 걸어 올리는 일을 해온 사람으로 30m짜리 밧줄을 항상 가지고 다녔습니다. 이날 아파트 화재 당시 밧줄을 가스 배관이나 옥상 난간에 묶고, 아파트 외벽을 오르내리며 주민들을 밧줄에 매달아 자신의 팔 힘으로 불길과 유독가스에 갇혀 있던 주민들의 목숨을 구할 수 있었습니다. "내가 어떤 보상을 바라고 한 일이 아니라 내가 살릴 수 있겠다는 생각에서 주민들을 구하게 된 것이며, 그것은 주민으로서 당연히 할 일을 했을 뿐."이라며 "내가 부자는 아니지만 매일 땀 흘려 일한 대가로 번 돈이 값지고 달콤하다."고 했답니다.

무위자연 無爲自然

계곡의 바위가
층층이 쌓였어도
틈새를 찾아 돌아
물은 흐르고
숲들이 무성하게
산을 덮어도
비바람 불고
햇살 스미니
꽃은 피고
새들은 노래하네.

세상에서 가장 아름다운 것

　우리가 살아가면서 가장 소중한 것은 가족들이 함께 모여 사는 가정이지요. 눈에 넣어도 아프지 않은 자식들과 부부가 함께 살면서, 자식들 성장해 가는 모습을 보면서 힘든 줄 모르고 뒷바라지하지요. 그래 사람들은 항상 집을 그리워하게 되기에, 어디 여행을 떠나게 되더라도 대문 밖을 나서면서부터 집을 그리워하게 되지요. 그래 아침에 나온 집인데 집이 그리워 서둘러 집으로 가고 싶은 충동을 느끼곤 하지요.

　그런데 이와 반대로 집에만 들어가면 누군가가 피곤하고 짜증스럽게 한다면, 누군가 집안 분위기를 살벌하게 한다면 그리고 그것이 자주 지속 된다면, 집에 들어가기가 싫어지게 되고, 결국 자꾸 밖으로 나돌게 되지요. 그러면 그것은 편안한 쉼터의 가정이 아니라 불편하고 불안한 고통의 울타리가 되고, 결국은 위기의 가정으로 내몰리게 되지요.

　　　　　　　　　　　김한경 시인의 차 한 잔의 행복

그러니 가족 중 누군가가 피곤하거나 짜증스러워하는 것은 아닌지를 잘 살피어서 만약 가족 중 누군가에게 그런 눈치가 조금이라도 보인다면, 하루속히 원인을 분석해서 환경을 바꾸도록 노력해야 합니다. 서로가 서로를 잘 보살펴야 하고 마음 편하도록 배려해야 하는 것이 가족 구성원들의 의무이기 때문이기도 하지요.

어느 화가가 세상에서 가장 아름다운 그림을 그려 보겠다고 집을 떠나서는, 지나는 많은 사람들에게 세상에서 제일 아름다운 것이 무엇인지를 물었답니다.

먼저 신혼부부들을 만나 물었더니, 세상에서 제일 아름다운 것은 "사랑"이라고 하고, 다음은 지나는 군인에게 물으니 "평화"라고 하고, 그다음 성직자에게 물으니 "믿음"이라고 하더랍니다. 그래 이 화가는 세상에서 가장 아름다운 〈사랑·평화·믿음〉 세 가지를 한 폭의 그림에 담을 풍경을 찾아다녔지만 몇 년을 헤매고 다녀도 이 세 가지를 품고 있는 풍경을 찾을 수가 없었답니다.

결국 기진맥진 하여 집으로 들어서니, 아이들이 아빠를 부르면서 가슴에 안기는 어린것들의 초롱초롱한 눈망울에서 '믿음'을 발견했고, 눈물을 글썽이며 반겨주는 부인에게서 '사랑'을 알게 되었으며, 가족들과 함께 집안에 쉬면서는 '평화'를 알게 되었고, 이것이 세상에서 가장 진솔한 행복이라는 것도 깨닫게 되었답니다.

뉘실까

엄동설한 죽었지 싶던
빈 가지가지마다
누가 연초록 잎새들을 틔워 물게 하였을까?
꽃망울 흐드러지게
매달게 하였을까?
누구신지 임자는 소리 소문 없으신데
잎새에 꽃망울만도
과분한 황홀인데
열매가 폭 익으면
누구와 나누지.

김한경 시인의 차 한 잔의 행복

젊은 의인義人

지난 2016년 9월 9일 새벽 4시경, 서울 마포구 서교동 5층 빌라, 3층에서 동거녀의 이별 통보에 격분한 20대가 홧김에 불을 질렀습니다. 4층에 살던 안치범(28) 씨는 1층 밖으로 뛰쳐나와 119에 신고를 하고는 다시 안으로 들어가 화재 사실을 모르는 채 잠든, 1층에서 5층까지 원룸 스물한 곳의 이웃들에게 초인종을 누르면서 화재 사실을 알려, 한 사람의 사망자 없이 모두 살리고 본인은 건물 5층 옥상 입구 부근에서 유독가스에 질식해 쓰러진 채 발견돼 뇌사상태로 사경을 해매다, 십 일 만에 숨을 거두고 말았답니다.

안 씨는 누나 둘에 막내로 귀여움을 독차지하고 자랐으며, 대학에서 외국어를 전공했으나 목청이 좋아 성우가 되는 길로 취업 준비를 하면서, 꾸준히 봉사활동도 해오고 있었던 것으로 전해지고 있습니다.

침몰하는 배 안에 수백 명의 어린 학생들을 남겨두고 제일 먼저 탈출해나오던 세월호 선장… 그리고 그 선원들의 모습들이 또렷하게 떠오르는군요. 그들은 의인義人 안치범 씨의 죽음을 접하고는 어떤 생각을 하게 될지 참으로 궁금하기 짝이 없습니다.

변함없는 사랑

지구별이 태어나면서 억겁의 세월을
햇살도 비바람도 변함없는 사랑이고
별빛도 달빛도 변함없는 사랑이야.

그 사랑으로 세상 만물이 잠들고 깨어나고
머물고 떠나고…
저 사랑 우리가 한 웅큼씩 나누어 가시면 안 될까.

어느 교수의 병역관

　고위 공직자들 인사청문회를 보게 되면, 자녀들 병역 기피 문제가 항상 빠짐없이 대두되고 있습니다. 남북의 대치상황에서 나라를 꼭 지켜야 할 국민의 의무, 그런데 그 고위 공직자들의 자녀들이 병역을 기피하기 위해 국적을 포기하거나, 군에 입대해서도 54%가 행정, 수송, 보급 등 비전투부대에서 근무한다는 통계가 발표되었지요. 국가가 없고 국민이 없는데 고위 공직자 자리는 남아 있게 되는지요. 어느 공직자는 아들이 2명인데 두 명 다 국적을 포기했다고 하더군요. 아마도 한국에는 영원히 들어올 수가 없겠지요.

　2016년 9월, 육군 2사단 17연대 소속 박주원(31) 일병은 9살 때 선교사인 아버지를 따라 케냐로 건너가 고교 졸업 후 미국으로 건너가 전액 장학생으로 학사·석사를 마쳤습니다. 28세에 철학박사 학위를 받고는 높은 경쟁률을 뚫고 스키드

모어 대학에서 정년을 보장받는 대학교수가 됐답니다. 박 교수는 병역을 필 할 의무가 없음에도 자진해서 입대한 것에 대해 "군 복무의 시간을 아깝게 생각하지 말고 축구나 농구 경기의 '하프 타임' 또는 '작전타임'으로 생각했습니다. 군 입대 전까지 열심히 살아왔다면, 남은 후반전을 어떻게 살아야 할지 작전을 세우는 시간으로 생각합니다."며 "명예, 권력, 돈, 시간, 기회 등 얻고 싶어도 쉽게 얻을 수 없는 것들을 자신이 태어난 국가의 국토방위를 위해 내려놓았습니다."라고도 했답니다.

어느 가수는 병역 기피를 위해 한국 국적을 버리고 미국 국적을 얻었는데, 다시 한국에 들어오겠다고 제소했습니다. 법원에서는 대한민국에 영영 들어올 수 없다고 판결했다지요.

우리 알고 있지

우리네 인생살이란
마음먹기에 따라
행복도 하고 불행도 하듯

죽음 또한 받아들이기에 따라
천국도 되고 지옥도 되지.

우리 모두 알고 있느니
왔으면 가야 하는 생자生者必滅의 섭리를.
무병장수도 지대한 관심사이지만
그보다 사람답게 살다 가야 한다는 것도.
그래 우리 떠남도
'하필이면 왜 내 차례야'가 아니고
'앞서거니 뒷서거니 모두가 떠나는 거
나도야 간다'지.
그래 누군가 귀띔 했겠지
머물고 떠남에 인색하지 말라고.

한 해를 돌아보며

자주 다니는 약국에서 몇 달 전, 새해 달력을 받은 것 같은데, 엊그제 또 새해 달력을 받았지요. 세월이 빠른 게 아니라 우리가 너무 급하게 산 것은 아닌지….

얼마 전 누가 묻더군요. 시인이 된 것에 후회는 없느냐고 하기에 저는 주저 없이 답했지요. 세상에 태어나서 내가 제일 잘한 일은 시를 쓴다는 일이라고요. 그러면서 조용히 자신을 다독였답니다. 말년에 재물이야 잃었지만, 좋은 시들을 얻었다는 것은, 언제나 맑은 영혼의 옷을 갈아 입혀주시는 부모님의 은혜로움에 감사하면서 말입니다.

제가 올 한해도 열심히 시를 쓰고 살았다는 것에 어떤 자긍심을 느끼면서, 내가 만약 재물을 탐하고 살았다면, 지금 어떤 막장 인생을 살고 있을지도 모른다는 생각도 해보게 된답니다.

김한경 시인의 차 한 잔의 행복

2016년 후반기부터 시작한 육필 시화전(자신의 시를 직접 쓰고 그림을 곁들인 작품)을 몇 번 열게 되면서 독자들의 응원에 힘입어, 지금도 육필 시화전을 열고 있는데, 글을 많이 쓰다 보니 팔꿈치에 통증이 심해, 의사 선생님의 권유로 뼈 주사를 맞으니 씻은 듯 나아서, 우선 시 40여 편으로 올겨울 시화집 몇십 권 제작을 목표로 작업 중에 있답니다.

그래 내 하루하루를 열심히 시를 써야지 생의 마지막까지, 사람답게 나답게 살다 가야지, 하는 다짐을 이 해 마지막 12월 달에 해보면서 말입니다.

"더 열심히 순간순간들을 사랑해야지, 모든 순간들이 다, 꽃봉우리인 것에."

소나무꽃

깡마른 세상
포근히 감싸주려
사-뿐 사-뿐 내리는 눈송이들
밟히면 으깨질라 손 타면 사라질라

머리 위로만 소복이 받아 이고선

소나무 숲들이

한겨울 계곡

봄꽃만큼이나 아름답다.

김한경 시인의 차 한 잔의 행복

당신의 선택은?

플라톤의 제자였던 아리스토텔레스는 자연을 관찰하며 놀라워했습니다. "어떻게 콧구멍은 위로 뚫리지 않고 아래로 뚫려서 비가 올 때 빗물이 들어가지 않을 수 있을까? 어떻게 앞니는 자르는 모양, 송곳니는 찢는 모양, 어금니는 맷돌처럼 갈 수 있는 모양으로 만들어져 음식을 잘 씹어 먹을 수 있는가? 우연으로는 불가능하다. 치밀한 창조주의 계획과 섭리가 있을 때만 가능하다."면서 창조론을 주장하게 되고, 그의 주장은 아직도 과학적으로 받아들여지고 있습니다.

그리고 똑같은 자연을 관찰하였을 때 어떤 사람은 '우연에 의한 진화'를 주장하고, 어떤 이들은 '신에 의한 세밀한 창조'를 주장하기도 합니다. 감사도 그러하지요. 반만 채워져 있는 물을 바라보며, '반밖에 없다'라고 불평할 수도 있고, '반씩이나 있다'라고 감사할 수도 있습니다.

어느 목사의 짤막한 글귀입니다. "올 한해 당신의 선택은 원망과 불평불만일까요, 아니면 고마움과 감사하는 마음일까요?" 매사를 '다행이지 고맙지' 하는 마음으로 자신을 다스리면 삶이 즐거워지고, 매사에 '불평불만이 많다 보면' 불행한 삶을 살게 되지요.

삶이란

함께 사는 세상
양보하고 나누며는
여유로운 삶이 되고
잇속만 채우려 하면
삭막한 삶이 되지.
여유로운 삶은 즐거움이 잦고
삭막한 삶은 불만이 잦아….
삶이란
스스로 가꾸고
스스로 누리는 것.

김한경 시인의 차 한 잔의 행복

스님의 화두

필자가 서울 인사동에서 육필시화전을 하면서 도반의 안내로 서울 성북동에 있는 길상사를 두 번째 찾았답니다. 고관대작이나 외국 손님들을 접대하던 요정, 평생 백석 시인을 사랑했던 기생 진향이 법정 스님을 만나 극락 도량 조성으로 무주상보시無住相布施한 그곳, 그래 '길상화'라는 보살 명과 염주 하나, 그리고 도량 내 작은 공덕비와 세 칸 남짓한 사당 하나가 남겨져 있답니다.

천억 원대 재산을 시주하심에 아깝지 않느냐고 물으니, "백석 시인의 시 한 줄만도 못한 것"이라고 한 길상화 보살, 그는 그곳에 머물렀던 수많은 기생들의 아픈 영혼들을 천도하려 그곳을 극락 도량으로 조성한 것이 아닐까? 길상사 도량 전체가 상사화로 만개한 것은, 백석 시인을 평생 사랑하며 그리워했던 길상화 보살의 고고한 마음씨가 상사화로 피어난 것은 아닐런지…. 그래서인지 도량으로 흐르는 계곡의 샘물 소리가 내게는 가야금 소리로 들리는지도 모르겠습니다.

지난번 찾았을 때 스님 영정이 모셔진 진영각 앞에는 법정 스님이 상수리나무로 만들어 평생 좌선하시던 의자가 놓여 있고, 그 옆에 발원문 공책이 있는데 나는 "스님의 무소유 영혼을 닮으려는 소생의 애씀을 굽어 살피소서."라고 한 내 발원에 스님이 답을 주셨다. "김 시인 내게 무소유란 '절제된 분수로움'이니 그리 아시게나." 하신다. 나는 진영각 계단을 내려오면서 '절제된 분수로움'을 수없이 되새기면서 내 평생 가슴에 품고 지켜가야 할 수행의 '화두'로 간직하기로 다짐했답니다.

닮을 수 없는 고고한 수행의 언행들을 닮고 싶어 하는 그 마음이 사람답게 살려는 애씀이 아닐는지…. 극락전 뒤 파란 하늘, 흘러가는 흰 구름이 평화롭기 그지없습니다.

빈 의자
– 법정 스님이 평생 앉던 상수리나무 의자

머물고 떠남이

김한경 시인의 차 한 잔의 행복

어디 사람뿐이랴.

삼라만상 모두가 그러하거늘

머문 자리는 채워져서 좋고

떠난 자리는 비워지니 좋아라.

오늘 내 머물었던 자리

내일은 당신 자리.

어떤 인연

미국에 살고 있는 폴이라는 어린이에게 있었던 일이랍니다.

"제가 아주 어렸을 때 아버지는 동네에서 처음으로 전화기를 들여놓았답니다. 그런데 그 전화기 안에는 사람이 있는데 '안내를 부탁합니다.'고 하면 '예 안내입니다.'라고 대답을 한답니다.

어느 날 제가 망치로 손을 다쳐서 울다가 '안내입니다.'를 찾고는 '손을 망치로 다쳐 너무 아프다.'고 했습니다. 그럼 노래를 한번 불러보라고 해, 노래를 불러보니 아픈 게 조금씩 가시더니 정말 아프지 않더라구요. 그리고 어느 날 새장에 새가 바닥에 쓰러져 있어 안내에게 왜 좋은 노래를 해주다가 저리 쓰러져 꼼짝 않느냐고 물으니 '폴, 항상 기억해둬. 다른 세상에서 노래 부르고 있을 거야.'라고 대답해 주었답니다. 폴에게는 모르는 게 없이 아주 다정하고 친절한 친구가 되었답니다.

김한경 시인의 차 한 잔의 행복

그런데 폴이 9살 되던 해에 시애틀로 이사를 가서 청년이 되도록 폴은 그 안내를 잊지 못하고 있다가, 안내 목소리가 듣고 싶어 견딜 수가 없어 고향엘 가서 전화로 안내를 찾았더니 '폴, 이제 손가락은 다 낳았겠지. 내게는 아이가 없어서 항상 폴을 잊지 않고 있었단다.' 했습니다. 폴은 너무 기뻐서 한참을 이런저런 이야기를 나누었답니다.

그리고 몇 년 후 다시 고향을 찾아 안내를 찾으니 다른 사람이 받아서 샐리를 찾으니 병으로 죽었다고 하면서 혹시 폴이냐면서 샐리가 폴한테 전화가 올 거라면서 메시지를 남겼다고 하는데 그 내용은 '나 다른 세상에서 노래하고 있을 거야.' 그리 말하면 알 거라고 했답니다."

내 하루

고희를 슬쩍 넘겨
덤으로 사는 세상에서

하루가 즐거운 것은

내 임자를 사랑하고 있음이고
하루가 행복한 것은
임자 사랑 속에서 내 살고 있음이야.

한 가지 바람이 있다면
우리 고통 없이 세상 떠나
저승에서 만나는 일.

김한경 시인의 차 한 잔의 행복

입맛

10여 년 전, 아우들 여섯 명과 함께 승합차를 타고 강원도 속초로 겨울 여행을 갔었답니다. 밥을 해 먹을 수 있는 숙소에 짐을 풀고, 속초에서 조금 내려가면 '물치'라는 작은 포구가 있는데 그곳을 갔더니, 갓 걷어 올린 그물에 임연수어(이면수)가 펄떡이고 있더군요. 주인아주머니에게 물었더니 방금 남편이 잡아 올린 그물인데 싸게 줄 터이니 사가라고 해, 삼십 마리를 샀답니다.

식용유와 소금을 사서 숙소에 돌아와 손질을 해서 프라이팬에 기름을 둘러 구웠답니다. 그리고는 제가 후배들에게 "자네들이 더 오래 살 사람들이니 살을 먹고 나는 껍질만 먹겠다."고 하고는 저는 줄곧 껍질만 먹었답니다. 입이 많아서인지 먹다 보니 삼십 마리를 다 먹었지요. 그러고 저는 한 이십여 일간 이면수 트림을 했답니다. 나중에 후배들이 이면수는 살

보다 껍질이 더 맛있다는 것을 알고는 형님 식탐은 대단하다
며 지금도 이면수 트림을 하냐고 놀려대더군요. 제가 생각해
도 창피할 정도로 대단한 식욕에 대단한 식탐이었지요.

엊그제 잘 손질해 포장한 이면수를 마트에서 사다가 팬에
구웠는데 그 시절 입맛이 전혀 아닌 것에 반 마리씩 구워 몇
끼를 먹었답니다. 그러면서 그 시절 그 입맛이 언제 사라졌을
까 생각하면서, 젊었을 때 그 입맛이라면, 운동량도 적은데 너
무 폭식하게 돼, 탈이 날 터이니 꼭 필요한 만큼만 적당히 먹
으라는 뜻이구나 생각했습니다. 살 만큼 살았으니 이제 입맛
도 그렇고 눈, 귀가 침침해지는 것도, 볼 것만 가려서 보고, 들
을 것만 가려서 들으라는 하늘의 뜻이구나. 그리 위안하며 산
답니다.

묵정밭

너무 오래 묵혀둔 밭
풀 뽑고 거름 주어
기름진 터 일궈야지.

상추 쑥갓에 고추도 심고
채송화 백일홍에 국화도 심어야지.
벌 나비 모여들면 새들도 찾겠지.
그곳에 눌러앉자
나비의 느림도 백일홍의 인내도
국화의 향기도 배워야지.
오래오래 묵혀둔 내 가슴 묵정밭.

비움의 평화

필자가 혼자가 된 지 십여 개월이 지나면서 지인들이 외롭고 쓸쓸할 텐데 서울로 와 동창들이나 친구들이라도 자주 만나라고 위로한답니다. 헌데 타고난 성품이 그래서인지, 저에겐 외로움이나 쓸쓸함이 아직은 고요하고 고즈넉함으로 다가오는 것이 왠지 지낼 만하더군요.

그래 그 고요함과 고즈넉함에서 자신이 살아온 날들을 뒤돌아보기도 하고, 앞으로 남은 세월을 어떻게 살아야 사람답게 살다 가는 것인지 등에 대한 고민과 사색하는 시간들이 일몰日沒의 생애에서는 꼭 필요하다는 생각을 하게 되는군요.

그리고 그 사색의 시간에서 가지려고만 해, 마음고생이 심했던 젊은 시절과, 떠날 날이 머지않아 이제 비우고 떠나려는 마음가짐에서 오는 하늘 같은 평화로움을 늦게나마 느껴보게 됨이 정말 큰 복이구나 생각도 하면서 말입니다.

비우려는 애씀에서 맛보게 되는 그 평화로움과 문득문득 갖고 싶어지는 욕망의 늪에서 허우적대던 마음의 고통들을 서로 비교해보기도 하고, 주어진 현실에 만족해하며 행복을 누리려는 지혜로움도 조금씩 터득해 가면서 말입니다. 아마도 이런 저의 마음가짐은 머무는 날보다는 떠나야 하는 날이 가까워져서인지도 모르겠습니다.

얼마 전 제 내자가 떠난 대학병원 영안실에서, 재벌 회장의 떠남이나, 제 내자의 떠남이나 별반 다를 게 없는 것을 보면서, 비움의 평화로움에 더욱 안주하려 노력하게 되는지도 모르겠습니다.

나무들은, 잎새들이 빗물을 모두 비우는 탓에 아름다운 꽃을 피울 수 있고, 바람에게 길을 만들어주기 때문에 큰 숲을 이루게 되듯이 말입니다.

깨달음

뒤를 돌아보며
자신의

잘못을 뉘우친다는 것은

깨달음의 지혜를
얻게 되는 것이다.

하루를 살아도 기쁜 마음으로

홍자성이 쓴 《채근담》에 "질풍노우疾風怒雨엔 금조척척禽鳥戚戚하고, 제일광풍霽日光風엔 초목흔흔草木欣欣하니, 가견천지可見天地에 불가일일무화기不可一日無和氣요, 인심人心에 불가일일무희선不可一日無喜神이라." "비바람이 몰아치는 날에는 새들도 근심스러워하지만, 활짝 개인 날, 맑은 바람에는 초목들도 즐거운 듯 싱그럽다. 이와 마찬가지로 하늘과 땅에는 하루라도 화기가 없으면 안 되듯이, 사람도 역시 하루라도 기쁨이 없어서는 안 된다."고 했습니다.

마음의 기쁨은 사람에게 생기와 활력을 주고, 밝고 활발한 몸짓은 사람의 수명을 연장시킨다고 했습니다.

17세기 초, 쿠페르니쿠스의 지동설에 감명을 받아 점성술사에서 천문학자로 인생의 행로를 바꾼 케플러는 이후 행성의 위치를 계산, 행성의 공전주기와 공전궤도의 반지름과의 관계를 설명하는 등 천문학에 지대한 업적을 남겼는데, 당시 천동설을 주장하던 가톨릭으로부터 심한 박해를 받으면서도 그는 이렇게 말했답니다. "기쁨은 인생의 요소이며, 인생의 욕구이며, 인생의 힘이며, 인생의 가치이다. 인간은 누구나 기쁨에 대한 욕구를 갖고 기쁨을 요구할 권리를 갖고 있다."고 말이죠.

하루를 살아도 기쁜 마음으로 산다는 것이 삶의 참 의미인 것 같습니다.

영취산 철쭉

영취산 철쭉이 하도 고와
고운 임 가슴을 철쭉 속에 묻어서는
몇 해이고 곰삭도록 묵혔다가는
선유담 기슭에 배 띄우며는
세월도 놓아버린 무아경 속에서
임의 가슴 철쭉 속에 얼굴 파묻고는
남은 세월 남은 생애
내 술을 마시리 노래 부르리.

장맛비 추억

필자가 서울 종로구 인사동에 있는 전통찻집에서 육필시화전을 하던 중 은평구에 사는 문우가 함께 가자고 해 청량리역에서 바로 문우 있는 곳으로 갔답니다. 만나서 함께 인사동을 가려고 전철을 타기 위해 불광천을 걷고 있는데, 갑자기장대비가 쏟아져 개천 길이라 비를 피할 곳도 없어 그냥 쫄딱맞게 되었지요.

문우는 한참을 뛰어가 마트에서 우산을 사 가지고 왔는데우산을 펼치니 언제냐 싶게 비가 딱 멈추더군요. 속에 러닝셔츠 없이 흰 면 티셔츠 하나만 입었던 저는 옷이 젖어 몸에 붙으니 양 젖꼭지가 너무도 선명하게 드러나 어쩌면 좋으냐고걱정을 했습니다. 문우가 약방에 가서 밴드를 사와 붙이라고해 화장실에 가서 한 개씩 붙였답니다.

인사동으로 가는 전철을 타고는 행여 밴드를 붙인 것이 안 보일까 해서 가슴을 자주 쳐다보곤 했지요. 하필 그때 장대비가 쏟아질 게 뭐람, 하다가도, 비가 오다가다 하는 장마철에 우산을 안 가지고 나온 내 잘못이지 하면서, 칠십 평생 살면서 양 젖꼭지에 밴드를 붙였다는 게 창피하기도 하고, 한편으로 내 또래들은 경험할 수 없는 나만의 멋진 추억이다 생각하니 슬며시 위안이 되더군요.

그래 아무리 더운 날씨라도 속옷은 꼭 받쳐 입으라던 어머니의 말씀이 귓가에 짤랑거리면서, 나이가 들수록 몸 매무새를 단정히 해야 한다는 어머니의 가르침을 다시 한 번 일깨우게 되었답니다.

즉심시불 卽心是佛

들리는가. 보이는가.
삼라만상參羅萬像이 모두 법상法像이요
삼라만성聲이 모두 법음法音인 것을.
참선을 많이 하면 한 소식 한다고 해
선승禪僧의 그림자

김한경 시인의 차 한 잔의 행복

몰래 훔쳐 밟고 나서 눈을 떠보니

오–매

세상은 깜깜하게

아무것도 없는구려.

꿈 깨세요

얼마 전 서울에 볼일이 있어 갔다가 감기 기운으로 문우가 자주 다니는 단골 의원을 함께 찾아 대기실에서 기다리는데, 어느 할아버지와 할머니 두 분이 들어서는데 할아버지는 건강해 보이시고 할머니는 지팡이를 짚으셨는데 몸이 많이 불편해 보이셨습니다. 그 광경을 목격한 문우가 자신의 엄마가 생각난다면서 이런 이야기를 했습니다.

"엄마가 어렸을 때 서울 근교에 살았는데 그 동네에 엄마가 좋아하던 직업 군인이 있었는데, 엄마 나이 19살 때 집안 형편이 어려워 자식 둘이 딸린 공무원 홀아비에게 쌀 6가마에 후처로 시집을 갔답니다.

세월이 흘러 남편이 퇴직하자 시골로 내려가 농사를 시작했는데, 24년 전 남편이 죽자 혼자서 농사를 지으면서 아흔이 다 되는 나이로 척추 무릎 수술을 10여 차례 받아 허리는 기역자로 꼬부라져 지팡이를 짚고 사신답니다. 어느 날 시골 이모네 동네에 엄마의 첫사랑 군인이 찾아와서는 이모에게 엄마 소식을 묻는데 그분은 장성으로 예편해 아주 건장하신 게 60대로 보이신다고 하더군요.

이모에게서 그 말은 들은 엄마가 홍조 띤 얼굴로 자식들에게 하시는 말씀이 '내가 그분 한번 만나보는 게 어떻겠느냐?'고 하시기에, 자식들이 하는 말이 '아이고 엄마 꿈 깨세요. 그분은 아주 건장하신 게 60대로 보이신다는데, 엄마는 지팡이 아니면 걷지를 못하는데 그분이 만나면 얼마나 실망하시겠어요. 엄마와 그분, 두 분을 위해서라도 꿈 깨세요.' 하니, 엄마가 하시는 말씀 '저년들이 내 딸이 맞는지 모르겠다. 남들은 없는 것도 만들어줄 판인데, 있는 첫사랑을 왜 못 만나게 하는지 모르겠다'며, 한참을 삐지셔서 말을 안하셨다"고 합니다.

나는 병원을 나오면서, 자신과 상대를 함께 배려하는 마음가짐 '꿈 깨세요.'를 거듭 곱씹어 보게 되었답니다.

사는 일

사람으로 산다는 일
사랑의 힘으로
견딤
그리고 애씀.

14일의 번뇌

코로나19로 중국에서는 수천 명이 사망하고 전 세계로 전염되어 초비상 사태로 언제까지 코로나 공포에 시달려야 하는지 걱정입니다. 또한 코로나19 잠복기가 14일이라 중국에서 돌아온 국민들은 14일간 격리 후 음성 판정을 받으면 집으로 돌아가게 하더군요.

제가 얼마 전 강릉을 다녀왔고, 지인들 몇몇과 만나 차도 마시고 했는데, 다음날 코로나 확진자가 강릉에 다녀갔다는 소식을 접하게 되었답니다. 덜컥 겁이 나고 걱정이 되면서 14일간 무사하기를 바라면서 외출을 삼가고 되도록 집에 있었답니다.

코로나 전염이 당뇨환자나 오랜 질병을 앓고 있는 기저질환 노인들에게 감염이 잘되고 더욱 위험하다고 하니 필자는 당뇨환자에 나이도 많다 보니 더욱 걱정스러웠습니다. 코로나 감염 증세에 대하여 예민하게 되면서, 아무 일도 못 하고 평소에 하던 기침도 하게 되면 걱정이 앞서 열이 있나 자주 머리나 목을 손으로 짚어보게 되더군요. 만약 내가 감염자가 되면 나는 그렇다 치고, 내 가족들과 이웃들에게 큰 피해를 준다는 게 저를 더욱 괴롭게 하면서, 힘든 하루하루를 보내게 되었지요. 그러면서 그 14일이 한 달보다도 더 길게 느껴지면서, 아 이것이 바로 지옥이 아닌가 하는 생각을 하게 되었답니다.

그리고 14일이 지난 다음 날 아침, 이제 14일이 지났다는 생각을 하니, 기분이 상쾌하고 마음도 가벼워지면서 콧노래까지 나오게 되더군요. 그래 아! 이것이 바로 천국이 아닌가 싶더군요. 그래 14일간의 번뇌 끝자락에서 터득하게 된 것은, 천국도 지옥도, 내 마음속에 있다는 것을 깨닫게 되면서, 긍정의 마음을 다스리는 수행으로, 남은 생을 천국에서 살다가 가야겠다는 생각을 하게도 되었답니다.

무릉도원

신선들이 모여 사는 무릉도원을
어디로 가는지 길을 몰라서
하늘에도 없는 길을
허공에 내서
잎새 달고 꽃피우는
나팔꽃 줄기에게
길을 물으니
남들이 들을라
소곤대는 말
울고 웃는 이곳이
무릉도원이래.

그 엄마와 딸들

잘 아는 문우의 가정사 이야기랍니다. 아흔이 다 된 엄마가 딸 둘과 함께 병원 가려 전철을 탔는데, 어느 할아버지 옆에 앉아있던 젊은이가 자리를 양보해 엄마가 앉았답니다. 그런데 옆에 있던 할아버지가 어디 가시냐고 말을 건네면서, 자신이 젊었을 때 특공대로 월남전에 참전, 베트콩 수십 명을 죽이고 무슨 훈장을 받았다면서 목청을 높여가며 자랑을 쏟아 놓더랍니다.

저 위쪽에 자리가 많이 비어서 딸들이 "엄마 저리 가자."며 함께 가니 그 할아버지 "아니 어디로 가요 이리와 내 얘기 더 들어봐요?" 하더랍니다. 엄마가 딸 옆에 앉으면서 하는 말이 "아이구 저 나이에 여자 예쁜 건 알아 가지구!" 하시더래. 딸 이야기로 엄마는 빈대떡 같은 넓적한 얼굴에 빈대코, 그리고 두 눈이 양옆으로 찢어져 정말 이쁜 거 하고는 거리가 먼데,

착각이신지 위안이신지….

그 엄마의 큰딸은 중학교 1학년 때, 군 장병 위문편지를 쓰면서 자신이 23살의 처녀라고 속였답니다. 수개월 편지 왕래하다가 군인이 집을 찾아와 딸 엄마에게 누구 씨를 만나러 왔다고 하면서, 화장품과 건빵 등 선물 꾸러미를 내놓으니 엄마 왈 "아니 우리 애는 중학교 1학년인데 뭔 화장품이냐"고 하니, 그 군인 왈 "아니 23살이라고 하던데요?" 하며 화를 내더니 잠시 후에는 어처구니 없어서인지 웃고 말아, 엄마가 밥상을 차려 잘 먹여서 보냈답니다. 그 소리를 방에서 듣고 있던 딸은 군인이 가자 다락방으로 숨었는데 엄마가 회초리를 들고 숨은 딸을 나오라고 해도 나오지 않자, 엄마가 다락방 문에 못질을 해 하루 반나절을 꼬박 굶고 다음 날 저녁에서야 나와서는 매를 흠씬 맞았다고 합니다.

또 딸 하나는 직업 군인 아들을 두고 혼자 사는데, 엄마가 병원에 가시며는 휠체어를 밀고 다니는데 어느 날은 조심스레 얌전히 밀고, 어느 날은 이 벽 저 벽 부딪쳐가며 밀고 하니, 엄마 왈 "이년이 용돈 주는 날 하고 안 준 날 하고 틀려, 이년아 늙은 엄마 죽겠다." 하며 용돈을 주었답니다. 그 딸 히죽대며 "이놈의 휠체어 바퀴가 내 맘대로 잘 안 되네!" 하더래요.

칠십 대의 문우인 큰따님 왈 "칠 남매에 엄마 나이 구십, 평생 고생 지지리 많이도 하셨는데 살아 계시는 동안 잘해드려야 하는데…." 하며 눈시울을 붉혔답니다.

엄마 사랑

끝없이 너른 쪽빛 하늘
한가로이 떠 있는 조각구름
언제 봐도 티 없이 맑은 평화로움
엄마는 하늘
나는 구름
우리 사랑
엄마 사랑.

김한경 시인의 차 한 잔의 행복

새로운 인식

50여 일이 넘는 기록적인 긴 장마로 피해를 본 분들이 너무 많아 마음 아플 뿐입니다. 그리고 이번 수해로 소들의 수난사도 많은데 그중 전남 구례의 한 축사에서 소 십여 마리가 탈출해, 해발 500m가 되는 오산의 사성암까지 올랐다는 뉴스를 보고는, 제 개인적인 생각으로는 소들이 평소 사성암의 목탁 소리를 귀담아듣고, 그곳이 어딘가를 세심히 살펴둔 게 아닌가 하는 생각이 드는군요. 그러면서 소들이 도살장으로 끌려갈 때 큰 눈을 껌벅이며 눈물을 흘린다는 말이 떠오르면서, 말 못 하는 짐승들에 대한 인식을 새롭게 하는 계기가 되기도 하였답니다.

이곳 함백산 계곡에는 긴 빗소리가 멈추나 싶더니 이제는 계곡의 낭랑한 물소리가 선잠을 깨우고 있답니다. '저승 가면 원 없이 잘 잠인데 뭔 잠이냐면서' 말입니다. 빗소리는 멀리서

두런대며 찾아오는 친구들의 발소리 같더니만, 계곡의 물소리는 왔던 친구들이 손을 흔들며 떠나가는 모습 같았답니다.

비가 그치고 나니 잎새들의 푸르름이 가슴까지 물들여져 침침했던 눈이 밝아지면서 온 천지가 푸르름으로 가득하고, 계곡의 물 흐르는 소리는 신통치 못한 귀를 말끔히 닦아주어 천 리 길 임의 기침 소리까지 들릴 듯도 하답니다.

엊그제 60년 지기 초등학교 동창들이 4시간여 장대 빗길을 헤집고 찾아와 추암 촛대 바위를 둘러보고는 술잔을 기울였는데, 너무 공기가 좋다며 술잔을 놓고 앞산 길을 잠시 걷다가 와서 다시 술잔을 기울이고는, 아침 출근을 위해 새벽 3시 일어나 서울로 향했답니다. 그래 오지 못한 친구들에게 부채에다가 내 자작시 한 수씩 적어 보냈더니 한 친구에게서 답이 왔답니다.

"친구여! 그대의 정성이 묻은 작품을 고맙게 받았네, 내 사정으로 못가서 아쉬웠어. 친구여 그대가 보고 싶으니 시간을 내서 한번 오게나, 담가 놓은 술이 시기 전에 말일세…"

아름다운 모습

때를 알고
머물 줄도 떠날 줄도 아시는
저 무욕無慾의 숲.

수백 생을 거듭하는
방하착放下著 경지.

우리 또한 그곳에
알록달록 크고 작은
단풍이고 낙엽이었음을
조용히 일러주고 가시는
저 아름다운 모습.

소풍 가는 날

지난 8월 초순 서울을 갔다가 집사람과 자주 갔던 백화점 엘 들렀는데 내가 좋아하는 모양새의 신발이 있어 보니 40% 세일을 하기에 주저하다가 샀답니다. 집에 와 서울 문우들과 동창 친구들 만날 때 신고 가려고 신발장에 잘 모셔 놓았습니다.

갑자기 코로나가 확산되면서, 이제까지 확진자가 없었던, 정선 고한에도 확진자가 나오고, 또 타 지역 확진자가 고한의 호텔과 식당을 다녀갔다고 하고, 전국이 하루 삼사백 명의 확진자가 나오면서 이 상태로 가면 하루 이천여 명의 확진자가 나올 수도 있다고 합니다. 거리 두기가 2.5단계로 격상이 되니, 내가 자주 가던 목욕탕은커녕 외출도 삼가는 편이라 불안하기만 한, 하루하루를 보내게 되었답니다.

그래 신발장에서 서울 나들이를 고대하고 있는 새 신발을 꺼내 신어보면서 혼자 중얼거렸답니다. "아니 언제 너를 신고 서울 나들이를 갈 수 있겠니?" 하면서 문득 어릴 적 추억이 잔잔히 떠올랐지요.

그러니까 필자의 초등학교 시절, 한 반에 오육십 명 정도인데, 운동화 신은 친구는 한두 명에 불과하고, 다들 검정 고무신을 신었는데, 찢어지거나 터진 곳은 굵은 흰 실로 꿰매 신고 다녔던, 검정 고무신이 대유행이던 시절, 소풍 가기 며칠 전 아버지가 내게 운동화 한 켤레를 사주셨답니다.

그 운동화를 밤이면 머리맡에 놓고는 소풍 가는 날을 기다리며, 밤에도 몇 번을 깨서 운동화를 신어보곤 하니, 엄마는 왜 신지 않고 신주 모시듯 모셔 두냐고 하신다. 그때 소풍 가는 날이 며칠 남았는데 그 며칠이 몇 달을 기다리는 것같이 지루하기 그지없었답니다.

그때의 생각이 나, 새 신발을 신고 서울 나들이 갈 때까지 오늘 저녁부터는 머리맡에 모셔두기로 마음먹었답니다. 어린 시절 새 운동화를 머리맡에 모셔놓고, 소풍 가는 날을 기다리는 심정으로, 이 지겨운 코로나 위기를 극복해야겠다고 다짐하면서 말입니다.

괜한 걱정

걱정한다고
돼도 않을 일
괜한 신경 쓰지 마.

사십육 억 년을
지구는 지금도
돌고 있어.

왕파리 추억

오곡백과 추수에 감사하여 조상님의 고마움을 기리는 우리 민족의 큰 명절, 그러나 이번 추석은 코로나바이러스 극성으로 조상님을 찾지 말고 마음만 전하자고 정부 차원에서 권장을 하기도 하였답니다.

필자의 집사람이 살아서 마지막 보낸 추석 때의 일입니다.

부침개와 생선 나물 등 추석 상차림 준비를 하느라 집안이 온통 구수한 기름 냄새로 진동을 하는데, 윙- 윙- 하더니 왕파리 한 마리가 들어와 활개를 치며 돌아다니니 집사람이 "아니 초대도 안 했는데 왕파리가 들어왔네, 여보 파리채 저쪽에 있어!" 내 파리채를 들고 쫓아가며 몇 번을 내리치다가 집사람이 애지중지 아끼던 유리 인형을 깨트리고 말았다. 내 동작이 굼떠서인지 아님 왕파리가 잽싸서인지 깨진 인형을 보니 집사람에게 미안도 하고 내심 화는 나지만 추석 명절 아침, 화를 내고, 피를 본다는 것이 마음 편치 않아 자중하고는 "아니 못 잡겠어, 이젠 나도 다 됐나 봐. 젊어서는 날아가는 파리를 젓가락으로 잡기도 했는데, 그냥 둡시다. 추석에 어디 갈 곳이 없는 천애 고아 영혼이 실렸나 본데." 그리고 시간이 조금 흘렀는데 그 윙 윙 소리가 커서 살펴보니 이제는 두 마리의 왕파리가 난리를 부린다. 그래 보일러실 방 쪽으로 파리를 몰아 들어가게 하고는 방문을 닫고 창문과 방충망을 열어 놓고는 수건으로 마구 휘둘러 댔더니 창문 밖으로 나가 버렸다.

명절 아침 방생했다 싶어 내야 편안한 마음인데 저 왕파리들은 살아나가면서 무슨 생각을 했을까 "추석 음식 맛도 못 보고 죽을 뻔했네, 집 주인장이 나이가 들어 몸이 굼떠서 다행이지 아님 우린 꼼짝없이 죽었을 거야, 어-휴 십 년 감수했네" 하면서 다음부터 저 집은 절대 들어가지 말자고 다짐을 해서인지 이후로 그 왕파리는 볼 수가 없었답니다.

어쩌지

단풍이 시작인데

김한경 시인의 차 한 잔의 행복

가을비 추-적 추-적

까르르 깔 – 깔

소풍 나온 아기들

자지러지는 웃음소리

에-그-야

단풍들도 못하고

잎새 다 떨구겠다.

배워야 할 관용과 배려

미국 LA공항에 도착을 해 입국 심사를 받으면서, 미국 사람들을 대할 때마다 레퍼드 주한미국대사 피습 사건으로 미안한 기분이 들더군요. 그래도 다행인 것은 레퍼드 대사는 그런 피습을 당하고도 "비온 뒤 땅이 더 굳어집니다. 우리 함께 가요. 그리고 이번 사건으로 미국과 한국의 우정이 더욱 돈독해졌으며, 한국 국민들의 자신에 대한 사랑에 감사드린다. 나는 시골 아저씨로 남겠다."고 하였습니다.

방송을 통해 그 이야기를 들으면서, 문득 지난 2007년 4월 미국 버지니아 공대 총기 난사 사건이 떠오르더군요. 32명이 사망하고 29명이 부상당한 큰 사건으로, 총을 난사한 사람은 영어전공을 하는 동 대학 4학년생인 한국계 조승희로 밝혀지면서 우리 국민들은 물론 미국의 한인 사회에서도 한국계에 대한 보복성 범죄를 우려해 매우 불안해 했었지요.

그러나 시간이 가면서 그 불안은 한낱 기우杞憂에 불과했답니다. 오히려 미국 국민들의 성숙된 시민의식이 우리를 더욱 부끄럽게 하였답니다. 크고 작은 사고가 날 때마다 우리는 그 책임을 남에게 미루며 '네 탓'이라 목청을 높이며 자신의 책임을 은폐하려는 안쓰러운 모습 대신, 그들은 사고의 원인 제공자는 우리 사회와 우리 국민들이라며 가해자를 희생자로 포용하는 그들의 관용과 용서는 참으로 신선한 충격이 아닐 수 없었습니다.

버지니아 추모 광장 조승희 추모비에 위로의 편지를 바친 이 학교 경영학과 3학년인 22살의 로라 스텐리 양은 "승희야, 난 너를 미워하지 않아 너와 친구가 되고 싶어. 그동안 얼마나 힘들었니? 이 세상 모든 이들로부터 떨어져 홀로 끔찍한 고통을 겪었을 네게 손 한번 내밀지 않았던 나를 용서해줘. 이제 저 세상에서라도 너를 옥죄었던 고통에서 벗어나 편안히 지내길 바란다."고 했습니다.

기자들의 질문에 "수렁에 빠져 살려달라고 외쳤지만 아무도 오지 않아 몇 달, 몇 년을 갇혀 지냈다고 생각해보라. 그를 탓하기 전에 우리가 그에게 도움의 손을 뻗치지 않은 걸 뉘우쳐야 하며, 이번 사건은 한 개인의 잘못일 뿐 인종이나 국가

와는 관계가 없다. 책임은 우리 미국에게 있으며 용서는 살아 있는 자만이 누릴 수 있는 특권이다. 지금 누구보다도 힘들고 어려운 사람들은 승희의 가족일 것이다. 그들을 만난다면 꼭 안아주고 할 수 있는 모든 도움을 주고 싶다. 미국이 그들을 감싸줘야 한다."고 했답니다.

저는 이번 미국에 몇 개월 머물면서 성숙된 미국 시민들의 관용과 배려를 배웠으면 좋겠다는 생각을 해보게 합니다.

4월이 오면

목련이 뚝뚝 지는 4월이 오면
진달래 철쭉 지천인 산으로 갈 테야.

꽃망울 널부러진 곳에 육신 풀어놓고
사람들 사는 쪽은 구름으로 가리우고
다래 머루 익어가는 늦가을까지
새소리 바람소리 귀 씻어주고
아침이슬 샘물로는 눈 씻어주고

김한경 시인의 차 한 잔의 행복

밤안개 달빛으론 영혼 씻어주며….

목련이 뚝뚝 지는 4월이 오면
진달래 철쭉 지천인 산으로 갈 테야.

2장

차 한 잔의 행복

봄날에

점심을 먹고 난 후 차 한 잔을 놓고 소파에 기대서 창밖을 봅니다. 차분하게 봄비는 내리는데 잿빛이던 산들이 연초록으로 옷들을 갈아입고, 살랑살랑 잎새들의 손짓이 바람도 적당한 것 같습니다. 조팝나무와 아카시아 꽃들이 줄줄이 피어 그 향이 온 산을 뒤덮어 몸도 마음도 아주 상큼한 봄날입니다.

시간은 낮 열두 시 반, 창문 앞 철길에 다섯 량의 객실을 매단 서울행 열차가 지나가고, 5분 후면 정동진을 향하는 열차가 지나가지요. 며칠 후 나도 저 열차를 타고 동창들 만나러 서울 가는데…. 손을 흔듭니다. 어디를 가시든 몸 성히 잘 다녀오시라고, 내 손을 흔들고, 그대들은 흔드는 손을 바라보니 이것도 인연이니 말입니다.

고희古稀가 지난 시절인데, 글 쓰고, 책 보고, 노래하고, 저녁에는 반주飯酒까지 곁들이는 건강도 가졌으니 '이게 다 부모님 덕이다' 생각했습니다. 생전에 잘해드리지 못한 것이 후회스럽지만 지금에 와서 회한의 눈물을 흘리면 무엇 하겠습니까. 돌아가시기 전 무릎이 많이 아프셨던 어머니를 등에 업고, 저 흐드러진 봄꽃 구경을 시켜드렸으면 얼마나 좋아하실까 하는 생각을 해 보면서 최백호 씨의 애절한 절규 〈봄날은 간다〉를 듣습니다.

봄비

빗소리도 낭랑한데

바람마저 살랑이니

이 비 그치고 나면

한 켜 짙어진 푸르름에

삶이 환해진 봄날

말끔히 몸을 씻은 잎새들의

청정한 알몸을 보게 되겠다.

꽃망울 터트리는 아픔도 보겠어.

행복이란?

　티베트의 영적 스승 소걀 린포체는 사람으로 이 세상에 태어나게 되는 사연을 다음과 같이 이야기합니다. 우주만큼이나 너른 바다 밑에 눈먼 거북이 한 마리가 살고 있는데, 이 거북이는 백 년에 한 번씩 바다 위로 얼굴을 내민다고 합니다. 그리고 그 바닷물 위에는 거북이 목에 들어갈 만한 크기의 나무 목걸이 하나가 떠다니고 있는데 이 거북이가 얼굴을 내밀 때 우연히 거북이 목에 걸려지는 그런 인연으로 태어나게 된다고 합니다.

　그리고 미국의 정신의학자 엘리자베스 퀴블러는 자신이 쓴 《인생 수업》에서 죽음을 눈앞에 둔 사람들은 진솔하고 정직해지는데, 이들이 살아 있는 사람들에게 마지막으로 꼭 전하고 싶은 충고는 모두가 하나같이 "많은 것을 소유하는 것이 아니라 그저 하루하루를 즐겁게 행복을 추구하며 살아야 한

　　　　　　　　　　　　　　김한정 시인의 차 한 잔의 행복

다."고 했답니다.

그러면 이러한 인연으로 세상에 와서 꼭 한번 살다 가는 삶을 어떻게 해야 즐겁고 행복한 삶으로 누리다 가게 되는 것일까요? 행복이란 누가 가져다주는 것이 아니라, 스스로 마음 먹기에 따라 행복해지기도 하고, 불행해지기도 한답니다. 그래 저는 항상 모든 것을, 긍정적으로 세상을 바라보면서, 저보다 더 어렵고 힘들게 사는 사람들을 내려다보면서 산답니다.

예를 들어 어떤 안 좋은 일이 생기게 되면 '내게 왜 이런 일이 자꾸 생기지. 정말 재수 없게…' 하며 부정적으로 생각하다 보니 매사가 짜증스럽고 세상이 온통 불만투성이에 건강도 안 좋아지더군요. 그래 생각을 바꾸어서 '이만한 것도 다행이야. 남들은 이보다 더 한 일을 겪고도 사는데.' 하며 긍정적으로 자신을 위로하다 보니 마음이 편해지면서 짜증스럽던 세상이 조금씩 아름답게 느껴지더군요. 그래 매사를 '다행'이라고 위안하면서 다행이라는 생각을 자주 하게 되니, 바로 이것이 행복이구나 하는 마음이 들면서, 나보다 먼저 떠난 친구들 생각을 하면서, 이리 살아 있음만도 큰 행복이구나 하는 것도 깨닫게 되었답니다.

사회적 지위나 물질의 풍요에서 오는 행복은 순간이지만,

마음이란 그릇에 욕심과 집착을 비우게 되면 그 빈자리에 행복이 채워지게 되고, 그리 채워진 행복은 평생을 함께 간다는 것도 알게 되었답니다. 누군가 행복해서 웃는 것이 아니라 행복해지려고 웃는다고 했지요.

이 화사한 봄날, 피는 꽃도 있지만 지는 꽃도 있답니다.

행복 만들기

살아가면서
위만 쳐다보고 살면
자학自虐하는 삶을 살고
눈높이로 살다 보면
자제自制하는 삶을 살지.
아래를 보고 살면
자위自慰하는 삶을 살고
비우며 살다 보면
자애自愛하는 삶을 살아.

김한경 시인의 차 한 잔의 행복

배고픈 시절의 기억

남아프리카 어린이들 30%가 영양실조로 죽어간다는 뉴스를 보면서, 저도 문득 어린 시절이 떠오르더군요. 누구에게나 어린 시절이 아련한 추억으로 남아 있겠지만, 특히 육십 이후 세대들에게는 배고픔의 아픈 기억들이 생생하게 남아 있지요.

저는 어린 시절 꽁보리밥에 찐 호박과 상추쌈을 너무 자주 먹어서인지 성인이 돼서는 거들떠보지도 않다가 오십 대가 넘어서야 건강식으로 먹기 시작했답니다. 그래도 요즈음은 먹는 걱정은 별로 안 하고 살게 되다 보니, 뚱뚱한 청소년들을 많이 보게 되는데, 참으로 다행스럽다는 생각이 앞서게 되는 것은, 어렸을 때 배곯았던 아픈 기억 때문인 것 같습니다.

몇 해 전 외국에서 의사 생활을 하다가 한국으로 돌아온 마른 체구의 60대 의사가, 배가 나온 나이 든 세대들에게 성인병 운운하며 먹는 것을 자제 못해 저리 됐다며, 어리석다는 투로 지적을 하더군요. 그 의사분은 어려서 외국으로 유학을 가 의사가 된 분이시니, 아마도 배고픔의 서러움이 어떤 것인지 경험해보지 못했을 것입니다.

배고픔과 허기짐의 서러움을 안고 배불리 먹어 보는 게 소원이던 세대들이 이제 형편이 좀 나아져 배불리 먹는 것에서 어떤 희열과 포만의 기쁨을 누리게 되다 보니, 그리된 것을, 그리 탓할 일이 아니라 우리 민족이 겪어야만 했던 가슴 아픈 과거의 상처이자 그 결과물이라는 생각을 하게 됩니다. 배고픔의 서러움을 간직했던 그 세대들이, 오늘의 풍요로운 시대를 일구어낸 주역들이라는 생각도 해보면서 말입니다.

엄마의 물배

밥상머리에는 팔 남매가 둘러앉고
상추 쑥갓은 두 소쿠리 가득인데
꽁보리밥은 서너 공기
엄마는 이웃집에서 잡수셨다 하신다.
그리고 밤이면 냉수를 주전자 채로 머리맡에 놓으시고

밤새 물을 드신다.

뭔 짠 음식을 잡수셔서 저리 물을 드시나

어린 마음에도 궁금했었지.

헌데 어머님이 떠나신 지 이십여 년이 지난 지금

이웃집 짠 음식은 고사하고

밤새 허기져 오는 배를 그 물로 달래셨다는 것을…

유독 볼록하신 아랫배가 물 배였다는 것을…

평생 식탐으로 동산만 한 내 배를 볼 때마다

허기진 엄마의 물배가 떠올라 가슴 미어지는데

사진 속 엄마는 웃고만 계신다.

맹꽁이 같은 내 배가

엄마에게는 기쁨인가 보다.

사랑은 지혜

사람이 살아갈 수 있는 가장 큰 원동력은 사랑이라고 하지요. 그 사랑의 힘으로 남남이 만나 가족이라는 울타리를 만들고 평생을 함께 살게 되지요. 그런데 그 사랑 중 가장 으뜸인 사랑은 아무 조건 없이 무조건적인 사랑이며, 그 사랑이 가장 진솔한 사랑이라고 하지요.

그래 그 진솔한 사랑을 하게 되면 상대의 잡티는 하나도 안 보이고 좋은 점만 크게 크게 보인다고 하니 얼마나 좋은 사랑일까요. 그런 사랑을 하게 되면, 내가 있으매 당신도 있음이 아니라 당신이 있음으로, 나도 있음이 된답니다. 진솔한 사랑은 자신이 낮아지게 되고, 그렇지 못한 사랑은 자신이 높아지게 된답니다.

그런데 요즘 젊은이들 중에는 사랑을 저울질하고 잣대질을 하며, 받는 만큼만 준다고들 하네요. 사실 사랑을 받는다는 것은 그냥 저절로 받는 게 아니라 사랑을 받을 수 있게 언행을 하기 때문에 사랑을 받게 되는 것이랍니다.

예를 들어 가족들을 위해 부인이 성심껏 반찬을 만들었는데 조금 간간하게 됐다고 합시다. 그러면 "아니 이렇게 짜서 어떻게 먹어 저리 치워!" 하며 면박을 주며 짜증 내는 사람과 "엄마가 식구들을 위해 열심히 만들었는데 어쩌다 조금 간간하게 되었구나, 간간하면 조금씩 먹고 싱거우면 많이 먹으면 되지 맛은 환상이다. 엄마 고맙습니다, 하고 맛있게 먹자." 하는 사람이 있습니다.

그리고 어쩌다 남편이 금전적 손해를 보았다고 합시다. "아니 뭔 일을 그리해서 손해를 봐요. 당신 하는 일이란 다 그래." 하는 사람과 "여보 살다 보면 별일 다 있는데 이보다 더한 일을 당하고도 사는 사람이 많은데 너무 신경 쓰지 말고 얼른 잊어버려요. 돈보다 더 소중한 게 당신 건강이야!" 하는 사람 중 과연 누가 신뢰와 존경으로 사랑을 받게 될까요. 사랑은 아주 사소한 것에서 감격도 하고 실망도 하게 된답니다. 샘이 모여 시냇물이 되고 강물도 되지요.

옛날에는 이혼이 흉이 됐지만, 지금은 흉이 아닌 시대가 되다 보니, 황혼이혼이 늘어가고 있다고 합니다. 수십 년을 가족이란 울타리를 꾸리고 살아왔는데, 살 날보다는 떠날 날이 가까운 세월인데 가슴 아픈 일이지요. 늘그막에 새로운 사람을 맞이할 여력이 있다면 함께한 사람의 허물을 덮어가며 베풀고 양보하고 살았으면 어떨까 하는 생각도 해봅니다.

고인이 된 정채봉 작가는 사랑의 암세포는 '의심'이고 사랑의 항암제는 '신뢰'라고 했지요. 사랑의 극약은 확인이고, 사랑의 보약은 확신이랍니다.

탄炭의 영혼

당신만
따뜻할 수 있다면
내 온몸을
모두 불사르리.

행복을 만나다

기쁨만이 행복은 아니지요. 어느 때는 슬픔도 행복이 된답니다. 사람들은 행복을 재물 같은 것들이 가져다주는 것으로 생각하고들 있지만, 사실은 그런 것에서 맛보게 되는 행복이란, 일시적이거나 순간적인 것일 뿐이지요. 행복은 재물 같은 외적인 요소에 의해서 만들어지는 것이 아니라 스스로 마음먹기에 따라 만들어지게 되고 그리 만들어진 행복이라야 평생을 함께 가게 되는 것이지요.

저와 가까이 지내는 친구가 있는데, 그는 부모 덕분에 호의호식하며 살다가 50대가 넘어서 직장을 그만두고 작은 사업을 시작하였습니다. 십여 년 만에 실패하면서 가산을 모두 탕진하고 신용불량자로 전락하게 되자, 부인과 둘이서 강원도 산골 마을로 들어가 지냈답니다.

그렇게 2년여를 실의에 빠져 지내던 중, 어느 날 아주 가깝게 지내던 친구가 종합검진을 받으러 병원을 갔다가 말기 암 판정을 받고는 항암치료 중이라고 하더니 몇 개월 못가서 세상을 떠났다고 합니다. 은행원으로 직장에만 충실했던 그는 집도 두 채 있고 자식들은 일류기업에 다니고 있고 연금도 많이 받고 저축한 돈도 있었습니다. 퇴직하고는 평생 자주 못 만난 친구들을 자주 만나 술도 사고, 여행도 다녀야겠다고 하더니만, 퇴직 후 2년 만에 세상을 떠나고 말았답니다. 한 내무반 옆자리에서 36개월 군 생활을 함께한 친구라고 합니다.

그 일을 겪고 난 후 그는 항상 그 친구를 생각하고, 어려운 이웃들 이야기들을 TV로 자주 접하면서 세상 보는 자세가 부정에서 긍정으로 바뀌며 행복을 만나게 되었다고 합니다.

"그래, 신은 사람에게 두 가지 복을 주지 않는다고 했다는데, 아무 탈 없이 지금 이리 살아 있음만도 축복이자 행운이지. 그래 행운이야 열심히 살아야지!" 그리 마음 다짐을 하게 되니 그 이후로는 살아 있음만으로도 감사할 뿐만 아니라, 온 세상 모두가 아름답고 그 아름다움이 자신을 위해 있는 것 같다고 합니다.

그는 매일 아침 눈을 뜨게 되면, 오늘 이리 살아 있어 이 아침을 맞게 해주신 부모님과 신에게 감사 기도를 드린다고

김한경 시인의 차 한 잔의 행복

합니다. 그 이후로는 그는 나무 밑에서 쉬고 있을 때 새가 머리 위에 똥을 싸면, 예전에는 짜증을 냈는데 요즘은 아니 내머리가 변기로 보였니 하며 웃는다고 합니다. 아침부터 행복하니 온종일 즐겁고, 세상 모두가 즐거우니 남은 생이 행복할 수밖에야….

행복이란 위를 쳐다보고는 절망하지 않으며, 아래를 내려보고는 자만하지 않고, 오늘에 감사하며 내일의 희망을 안고 살아가는 것이 아닐까요.

긍정의 삶

아픔을 견디고 나면
성숙을 만나고
좌절을 겪고 나면
희망을 만나지.
힘든 생활도
보듬고 다독이며
친숙해지다 보면

모든 것을 내려놓게 되는

'비움'이란 경지에

들게도 된답니다.

행복의 비결

지난해 12월 초 순경 부산 사하구청 나눔 캠페인 담당자인 최선영 씨에게 하단 소방서에서 "80대 독거노인이 불우이웃 돕기 성금을 내려고 한다."는 전화를 받고 달려가 보니 85세의 김원찬 할아버지가 3천만 원짜리 수표 한 장과 1백만 원짜리 수표 5장을 내놓으면서 "나처럼 어렵게 살아온 사람을 위해 기부하고 싶다."는 뜻을 밝히셨다고 한다. 이제 살면 얼마나 더 살겠냐는 생각에 김 할아버지는 평생을 저축한 전 재산을 불우한 이웃에게 기부하기로 했는데 어디로 가야 하는지 몰라 소방서로 왔다고 했단다.

김 할아버지의 뜻을 전해들은 최선영 씨는 우체국으로 모시고 가서 2천만 원을 불우이웃 돕기 통장에 입금하고 나니, 나머지 천오백만 원도 내가 죽으면 성금으로 써달라며 최 씨에게 맡기려고 했답니다. "공무원은 돈을 맡을 수 없으니 할아버지께서 비상금으로 가지고 계시면서 급한 일에 쓰시고 맛있는 것도 사 잡수시다가 나중에 또 기부하시면 된다."고 할아버지를 설득시키고 전철역까지 모셔 드렸다고 합니다.

김원찬 할아버지는 6·25 전쟁 당시 총상을 입어 몸 한쪽에 장애가 있어 결혼도 못하고 혈혈단신으로 서울과 강원도를 돌며 어린이 책들을 파는 노점상으로, 최소의 생계유지를 위한 필수품 외에는 쓰지 않고 평생을 모은 전 재산이라고 합니다. 이제 기력이 떨어져 더 이상 노점상을 할 수 없게 되자 2014년 1월 따뜻한 부산으로 내려와 정착했으며, 돈을 아끼려 세 들어 사는 집에 난방도 하지 않고 외로움을 이기려 아침 일찍 지하철을 타고 거리 구경을 하거나 또래 노인들을 만나 얘기도 나누면서 시간을 보낸 뒤 저녁 늦게 집으로 돌아와 잠자리에 든다고 합니다.

행복한 사람들은 갖고 싶은 것이 별로 없답니다. 그것은 가진 것이 많아서가 아니라 자신의 분수를 잘 알고 있기에 분수에 맞지 않는 것들은 아예 쳐다보지도 않고, 행여 갖고 싶은 충동을 느끼게 되면, 허황된 탐욕이라는 것을 알고는 그런 마음이 아예 싹도 내밀지 못하게 잘라 없애는 마음 다스리는 수행을 열심히 하셨기 때문입니다.

그것이 눈높이의 지혜로운 삶을 사는 방법이지요. 차지하거나 가질 수 없는 것들을 가지려 할 때 우리는 가난해지고 불행해집니다. 그러나 지금 가진 것에 만족해한다면 가진 것이 적더라도 안으로 넉넉해지지요. 갖고 있으면서 더 가지려는 과욕으로 패가망신敗家亡身하는 일들을 우리는 자주 보게 되는데. 그것은 그칠 줄 모르고 욕심이 지나치게 되면 생을 망친다는 교훈임을 명심해야 할 것입니다.

　　"아무것도 지니지 않음에 절망한다면 당신은 거지에 지나지 않습니다. 그러나 아무것도 지니지 않아도 행복할 수 있다면 당신은 성자聖者입니다." 어느 노스님이 말씀하셨답니다.

나그네

곱상한 주모酒母는
쉬라 옷깃 잡는데
동도同道 나그네는
자꾸 가자 보채는구려.
해는 지고 달은 중천인데

넘어야 할 산마루는

하늘에 닿았구려.

후드득 후드득

빗방울이라도 뿌려주면

핑계 삼아 주모와

쉬 놀다 가련마는

휘영청 밝은 달에

산들바람은 쉬지 않고

나그네 옷깃을

자꾸만 자꾸만 흔드는구려.

만 원의 행복

집사람이 감기로 기침이 심한데 이곳 마을에 하나 있는 병원이 휴진을 해, 약국에 가서 약을 사다 먹였는데도 차도가 없었습니다. 월요일 버스를 타고 30여 분 걸리는 태백 병원에 가서 주사 맞고 약도 받았습니다.

집사람이 아무것도 못 먹어서 버스터미널 옆 식당 골목으로 가, 나는 아침을 먹어 콩나물해장국 하나를 시켰는데, 아니 쟁반에 반찬이 열 가지가 넘게 나오더군요. 그러니 내 식탐이 또 발동해, 소주 한 병을 시켜, 반찬 안주로 게눈 감추듯 마셨답니다. 그런데 해장국과 소주가 모두 합해 만 원이더군요.

잘 먹었다고 인사를 하고 나오니, 집사람은 주사 맞고 식사도 하고 나니 많이 좋아진 것 같다며 버스터미널로 갔습니다. 소한小寒에 가서 얼어 죽는다는 대한大寒節 인데도 바람도 없이 한낮 햇살이 따듯해 술기운이 기별이 오면서 둘이 손을 잡고 걷다 보니, 오십여 년을 함께 내 곁을 지켜주며 살아 있다는 것에 대한 고마움과 다행스러운 생각에 사는 일이 재미나고 온 세상이 아름답기만 하더군요.

동네 병원이 문을 닫아 아침에는 짜증스럽기만 하던 것이, 지금은 내게 이런 행복을 맛보게 하려고 휴진을 했구나 싶었습니다. 그런 줄도 모르고 괜한 짜증을 냈다 싶은 후회스런 마음으로 버스를 타니, 함백산 겨울 풍경들이 아름답기만 했습니다. 아주 작은 일에도 고맙고 감사하는 마음이, 바로 행복을 누릴 수 있는 가슴이지요.

권태기

올해는 몹시 추워
겨울이 깊다는데
눈이나 엄청나게 내리면 좋겠다.
길이고 집이고
눈 속에 파묻혀
오도 가도 아무 일도 못 하게시리.

김한경 시인의 차 한 잔의 행복

평생 뼈 빠지게 일에 묻혀 사는 내나

반건달로 빈둥대며 놀고 먹는 제나

사는 꼴아지, 요 꼴이 그 꼴인데

곡식 있고 땔감 있겠다

처마 밑에 짐승 먹이 넉넉히 넣어주고는

따끈한 구둘 위에서

사나흘 원 없이 잠이나 자게시리.

400억 기부한 노부부 이야기

노부부는 1960년대 서울 종로 5가에서 손수레 과일 노점
상을 시작하면서 교통비를 아끼려고 한 시간씩 걸어 도매시
장에서 과일을 떼왔고, 밥값을 아끼려 근처 식당일을 도와주
고 해장국 한 그릇씩 얻어먹었다고 합니다.

부부는 과일 장사로 번 종잣돈에 대출을 보태, 1976년 청
량리 상가 건물을 한 채 사고, 옆 건물을 하나씩 사면서도, 남
들이 내다 버린, 옷과 신발을 주워다 입고 신고하면서 모은
전 재산 400억 원대의 건물을 큰아들이 나온 대학에 기부하
기로 하였답니다.

북한 평강 출신인 남편 김영석 씨(91세)는 광복 후 혼자 월
남해 남의 집 머슴살이를 했고, 부인 양영애 씨(83세)는 경북
상주 출신으로 6·25로 피난 다니며 떨어진 사과를 주워 팔
았다고 합니다. 그래 부부는 초등학교 졸업장도 없다고 합니

다. 현재 부부가 사는, 아파트에 있는 소파는 40년 전 양씨가 언니에게서 얻은 것이고, 장롱은 부부가 40년 전 장만한 생애 첫 옷장이라고 합니다.

노부부 소유 건물에는 카페와 식당 등 20개 점포가 있는데 모두가 10년 이상 장사를 하고 있다는데, 이곳에서 40년 족발 장사를 해온 이준희 씨(76세)는 "청량리에서 임대료 갈등 없이 상인들이 한자리에서 이렇게 오래 장사하는 건물은 여기밖에 없다."고 하더랍니다.

전 재산을 기부하려니 아깝지 않느냐는 질문에 부부는 "우리 같은 밑바닥 서민도 인재를 키우는데 도움이 된다니 정말 기쁘다."고 했답니다. 기부 약정을 위해 대학에 가는 날 노부부 밥상에는 콩나물무침과 고추 장아찌에 김치 세 가지였답니다. 초등학교 졸업장도 없는 이 노부부는 우리에게 신선한 메시지를 남겼지요. 어떻게 살다 어떻게 떠나는 것이 사람답게 살다 가는 것인지를 말입니다. 우리 사회는 소수의 이런 분들로 하여금, 흔들리는 다수가 함께 더불어 살아갈 수 있나 봅니다. 깊어가는 가을 숙연해집니다.

아름다운 일

어느 날 문득
쳐다본 하늘가에
어떤 보고픔이나
그리움이 있다는 것이
얼마나 소중하고
아름다운 일이야.

그것이 해 지는 강가
갈대숲의
외로움이면 어떻고
할미꽃의 기다림이면 어떠하리.

마주 보고선 은행나무가
닿을 수 없는 거리를 원망하지 않고
그리 열매를 맺듯이

강가의 미루나무가

김한경 시인의 차 한 잔의 행복

강 건너 미루나무를
수백 년 마주 보고도
그리 보고 있듯이

어느 날
문득 쳐다본 하늘가에
어떤 보고픔이나
그리움이 있다는 것이
얼마나 소중하고
아름다운 일이야.

참 행복

지난 5월 어느 일요일, 정선군 화암면 북동리에 폐교된 북동 분교에서, 2011년부터 그림 작업을 하며, 어머니와 부인, 세 식구가 단출하게 살고 있는 김 화백 댁을 찾았답니다. 그런데 그곳에서 하룻밤을 지내면서 82세 되신 시어머니와 며눌님 사이가 너무 좋아서 제가 밥상머리에서 어머님께 물었지요. "어머님 어떻게 며느님과 이리 사이가 좋으세요?" 하니 어머님 말씀이 이랬습니다. "아들은 그렇다고 치고 남의 귀한 자식을 이 깊은 산골에 데려와 고생시키는데 얼마나 미안하고 안쓰러워요. 그러니 탓할 게 뭐가 있어요. 오히려 떠받들어 줘야지요. 그리고 나는 항상 며느리가 아니라 딸이라 생각해요." 하시는데 문득 노마지지老馬之智의 문구가 떠오릅니다.

어머니와 김 화백이 밖으로 나가신 뒤 며느님에게 물었지요. "정말 다툼이 전혀 없으세요?" 물으니 "기분 상하게 하시

김한경 시인의 차 한 잔의 행복

는 일이 없으시니, 사이가 안 좋을 일이 없지요." 그래 제가 그랬지요. "서로가 잘해야지 한쪽만 잘한다고 되나요. 상대적이지요." 하니 며느님이 아무 말 없이 살짝 웃으신다.

그러면서 "우리 저 사람은 제 남편이지만 존경해요. 30년을 넘게 살고 있지만, 처음과 끝이 변함없는 분이세요." 그래 제가 거들었지요. "서로가 노력하니 화목한 가정을 이루시는 거지요. 그런 남편과 시어머니를 만나서 행복하시겠습니다." 하니 "예, 행복해요. 이렇게 행복해도 되는지 걱정이 되기도 하면서 말입니다."라며 미소 지으신다.

집으로 돌아오는 차 안에서 필자가 옛날 어머님과 함께 살았을 때, 엄마 방에 가서는 "엄마 말이 옳다." 하고, 뒷방에 가서는 "당신 말이 옳다."고 하던, 그 옛 시절이 봄날 아지랑이처럼 피어오른다.

나에게 물어

어제 떠난 이들이
간절히 염원했을 오늘

제게 이 아침을
맞게 해주신
부모님 은덕에
내가 내게 조용히 묻는다.

햇살도 어제만 하고
바람도 어제만 하니

당신
오늘도 넉넉하시지.

아름다운 이웃

　지난해 겨울 정선에 첫눈이 제법 많이 내린 날 이야기입니다. 눈이 제법 쌓여가니, 자동차 앞 유리 브러시를 세워주려고 주차장으로 나갔는데, 아니 누군가가 제 자동차의 브러시를 이미 세워놓은 거예요. 첫 서설에 이 아름다운 이웃에 그만 감격하고는, 누구일까 궁금하고 고맙고 해서 온종일 마음이 설레었답니다.

　좋은 사람을 만나려면 내가 먼저 좋은 사람으로 다가가야 되는데, 저리 아름다운 이웃을 만나게 된 것에 내 자신을 뒤돌아보게 되더군요. 그런데 확실하지는 않지만, 그 사람이 아닐까 짚히는 한 사람이 있답니다.

　저희 아파트에 함께 사는 40대 직장인, 언젠가 엘리베이터에서 만났는데 유치원과 초등학교 저학년 어린 두 남매와 함께 타던 애기 아빠. 우리 집사람을 부축해서 병원에 다닐 때,

어디서든 보게 되면 달려와 함께 부축을 해 차를 태워 주곤 잘 다녀오시라, 깍듯이 인사하던 젊은이.

내 그 젊은이가 고마워 신문이 나오게 되면 한 부씩 편지 함에 넣어주곤 했는데, 지난 추석 때 선물 상자를 전해주더군 요. 어르신 추석 잘 보내시라면서, 그래 난 너무 당황스럽고 고맙기도 하고 해서 얼떨결에 받았답니다.

그 이후 저는 이웃들에게, 좋은 이웃, 아름다운 이웃으로 살아가야겠다는 다짐을 자주 하게 되었답니다. 내가 아름다 운 이웃으로 설 때, 아름다운 이웃들이 만들어진다는 생각을 하면서 말입니다.

누구실까

긴 겨울 죽었지 싶던
빈 가지가지마다
누가 아가 젖니 같은
연초록 새순들을 움트게 하였을까.
꽃망울 몽글몽글 매달아놓았을까.

김한길 시인의 차 한 잔의 행복

누구실까.

임자는 소리 소문 없으신데

잎새에 꽃망울만도 고맙고, 감사한데

열매가 폭 익으면

누구를 부르지….

코로나 깨춤

코로나19 바이러스 감염 사태가 수개월 장기화되면서 많은 사람들이 자유롭지 못한 환경과 불안 심리 등으로 심리상담을 받는 사람이 5명 중 1명꼴로 늘었다고 합니다.

어린이의 맑은 영혼을 지닌, 일흔을 눈앞에 둔 수필가이자 화가인 K씨 이야기입니다.

K씨는 지난 6월 중순경, 사무실 옆 미장원을 다녀왔는데, 이틀 후 그 미장원 원장이 코로나 확진 판정을 받았다고 합니다. K씨는 맑은 영혼의 소유자로 유독 겁이 많으신 분인데 불안한 하루를 보낸 뒤, 그다음 날 스스로 지역구 보건소를 찾아가서 자초지종 이야기를 하고는 코로나 검사를 받았는데, 다음 날 음성 판정이 나오고 자가 격리하라고 연락이 왔답니다.

K씨는 확진으로 입원을 대비해 유서와 영정 사진을 함께 준비하고 은행 카드들도 정리하고 강아지 5마리 모두 털을

깎이고, 먹이도 여유롭게 사다 놓고, 만약에라도 저승 갈 때 입으려고 장롱에 옷도 몇 가지 꺼내 문밖에다 내다 두고, 집 안 청소를 하고 목욕을 하고 나니 불안했던 마음이 조금은 차분해지더랍니다.

외식업을 하는 K씨의 큰 아들이 전화로 "엄마 시장 경제가 활성화 되겠네" 하길래, K씨는 "아니 요즘 장사가 안 되는데 너는 장사가 잘 된다고?" 물으니, 아들 왈 "아니 자가 격리하란다고, 유서 쓰고 개털 다 깎이고 먹이 잔뜩 사다 놓고, 전쟁이라도 나면 어쩔 거야?" 하고 직장생활을 하는 작은아들은 "먹고 싶은 거 있으면 말만 하세요. 배달 앱으로 즉각 대령할 테니까요." 하더래요.

그러면서 K씨는 내게 "선생님 제가 겁에 질려 너무 앞서 간 건가요?" 묻기에 "아뇨, 맑은 동심의 영혼을 가진 사람들은 그런 상상이 가능하지요. 그래 이번 격리 기간에 불안해하지 마시고, 미루었던 글이나 열심히 쓰시고, 차분히 자신을 되돌아보면서 좀 더 성숙된 자아를 찾는 시간이 되시길 빌겠습니다."라고 위로했답니다.

그는 또 한 번의 음성 판정으로 격리 해제가 되자, 다음 날 사무실에 나가 "코로나바이러스 네놈이 나를 못 잡아서 약 오르지" 하면서 코로나 깨춤을 추었답니다.

관계

사랑은
고통을 견디게 하고
고통은
사랑을 성숙하게 한다.

김한경 시인의 차 한 잔의 행복

새 생명의 선물

사람은 살면서 이웃들에게 여러 가지 방법으로 나눔을 실천하며 살고들 있지요. 평생 노점 과일가게를 하면서 한 채씩 사들인 상가 건물을 아들이 졸업한 대학에 기증한 노부부, 전쟁터에서 총상을 입어 남자 구실을 할 수 없어 홀로 전국 장터를 전전하며, 동화책을 판매, 평생 저축한 돈 3천만 원을 팔십의 나이를 넘자 불우이웃 돕기에 내놓은 노인, 다세대주택에서 불이 나, 가구 가구를 뛰어다니며 주민을 대피시킨 후 자신은 질식해 숨진 20대 등 이루 헤아릴 수 없이 많은 아름다운 이웃들이 있기에 우리 사회는 그래도 아름다운가 봅니다.

그중 특히 죽음의 판정을 받고는 자신의 신체 일부를 죽어가는 생명을 살리기 위해 장기를 기증하고 떠난다는 것은, 죽어가는 생명을 살리는 소중한 새 생명의 선물이 되는 것이지요. 울산에 사는 김성일 씨(50)는 배관공으로 일하다, 2020년

초부터 지병으로 치료를 받아 오다 2021년 1월, 뇌사판정을 받은 뒤 심장과 폐, 간장, 좌우 신장 등의 장기를 6명에게 기증하고 떠났다고 합니다.

그의 동생은 "형님은 형편이 어려운 이웃을 보면 그냥 지나치질 못했어요. 평소에는 이웃 어르신 댁들의 배관이나 보일러들을 무료로 수리해주곤 했지요. 그런 형이라서 아마 본인도 장기 기증에 적극 찬성했을 겁니다. 형님이 하늘나라로 가더라도 없어지는 게 아니라 다른 사람에게 가서 살고 있다는 것이 많은 위로가 됩니다. 너무도 일찍 떠나는 게 애통하지만, 따뜻한 사람으로 많은 이들에게 기억되길 바란다."고 했고, 그의 가족들은 장기 기증으로 6명의 생명을 살렸다는 말에 "정말 6명이나 살렸냐. 이렇게 많은 사람을 살려줘서 고맙다."고 했답니다.

너와 나

너와 내가
하나가 될 수 없는 것은

김한경 시인의 차 한 잔의 행복

나는 나

너는 너이기 때문

너와 내가 하나가 될 수 있는 것은

나도 너이고

너도 나이기 때문.

양보하는 기쁨

40여분 걸리는 병원을 가려고 버스에 올랐는데 사람이 많아 서 있었지요. 두 정거장 가자 앞자리 사람이 내리는데 2m 정도 떨어져 있는 곳에서 중학생 정도로 보이는 여학생이 뛰어와 자리에 앉더니 두 정거장 가서 내리더군요. 그러자 뒤에 계시던 어르신이 "머리 허연 노인에게 아니 자리양보는 고사하고 노인을 밀치고 자리를 뺏어 앉아. 참으로 세상 말세야 말세!" 하시면서 나에게 빨리 앉으라고 권하신다. 저는 그 학생이 어린이와 노약자 자리로 생각을 했거나 아님 개인적으로 몸이 불편했던지 뭔 사연이 있겠다고 생각을 했답니다. 그러면서 1년 전 버스 안에서 있었던 일이 떠오르더군요.

밤 11시경 집까지 40여 분 걸리는 거리의 버스를 탔는데 마침 자리가 하나 비어서 앉았지요. 두세 정거장 가자 서 있는 사람들이 하나 둘 늘더라고요. 그런데 그중 40대로 보이는 한 젊은이가 손잡이를 잡고 서 있는데 술에 취해 몸을 가누지 못해 쩔쩔매면서 곧 쓰러지게 생겼더라구요. 제가 일어서서 부축을 해 제 자리에 앉히니까, 풀린 눈으로 나를 한번 힐금 쳐다보더니 이내 앞 의자에 머리를 파묻고는 잠이 드는 듯했어요.

그러고 서 있는데, 저 뒤쪽에서 대학생으로 보이는 한사람이 와서는 저리 앉으시라고 해서, 조금 가면 내린다고 사양하니 저도 조금 가면 내린다고 하면서 내 팔을 붙잡아 부축하고는 자기 자리로 안내하더라고요, 고맙다고 인사하고 앉으니 옆에 친구와 함께 서 있는데, 이야기 나누는 걸 들어보니 두 사람이 같은 대학 같은 과 친구인 듯했어요. 헌데 조금 가면 내린다고 하더니 내 집이 가까워지도록 내릴 생각을 않더라고요.

내가 내릴 때가 되어, 자리에서 일어서서 웃으면서 "아니 조금 가면 내린다고 하더니 내가 먼저 내리게 됐네?" 하니 "사실 어르신이 술 취한 분에게 자리 양보해주시는 거 봤어요. 저희는 미처 양보를 못했거든요 죄송해요." 그래 내가 "그래 고마워! 거리가 멀어서 미처 못보고 자리 양보를 못했는데 그것을 죄송하다고 생각하니 내가 오히려 고맙군 그래!" 했답니다. 그러자 공손하게 인사하면서 "어르신 살펴가세요." 하면서 정중하게 인사 하더군요.

버스에서 내리니 이 장면을 보기라고 한 듯, 하늘에 초승 달은 입이 귀밑까지 찢어지게 웃고 있고, 가을바람은 선선하니 하늘을 날 것 같은 상쾌한 기분이었습니다. "그래 자네들이 우리의 희망이야 고맙고 착하다." 지나가는 옆 사람들이 들을 정도의 크기로 몇 번을 흥얼거려가며 집 앞 계단을 올라 집에 들어 저녁 밥상을 받으면서 "여보 내 오늘 너무도 기분이 좋아요. 나중 이야기 하고 우선 술 한 잔 줘요!" 했답니다.

연시

이 늦가을
내도
감나무에 매달려 있다 보면
저리 폭 익은 연시가 될려나?

끔찍이도

김한경 시인의 차 한 잔의 행복

연시를 좋아하는

그 사람.

3장

다시 보아야 보이는 것들

민들레의 생명력

함백산 약수터를 오르자면 민들레가 밭을 이루어 꽃들이 흐드러지게 피어 있답니다. 보도블록 사이나 돌밭에서도 잘 자라고 있는데, 다 그럴 만한 사연이 있답니다.

처음에는 숲속 기름진 땅에서 자랐는데 주위에 큰 풀 나무들 때문에 키가 작은 민들레는 햇살을 받을 수가 없어서, 땅은 비록 열악한 곳이라도 햇살을 마음껏 받을 수 있는 곳으로 탈출한 용감한 식물이지요. 그리고 그들은 뿌리를 수직으로 깊게 내려 가뭄이나 장마에도 잘 견디어 내는 강한 식물이 된 것이랍니다.

민들레를 말려서 끓여 먹으면 당뇨에 좋다고 하기에 몇 뿌리를 캐다가 말리는데, 따가운 햇살로 온몸이 말라가면서도 몸에 남은 수분들을 모두 꽃 몽우리로 모아서는 꽃을 피우고 씨방을 날려 보내고서야 생을 마감하는 것을 보고는 강인한 종자 번식력에 감탄을 하기도 하였답니다.

또한 의학적으로 증명된 것인지는 모르지만, 민들레에게는 실리마린이란 성분이 있는데 이 성분은 간의 세포막을 튼튼하게 해주면서 효소들의 작용을 도와 간세포 재생에도 효과가 있어, 성인병 예방에도 도움이 된다고 합니다. 그래서인지 중국에서는 10대 약초로 꼽는다고 하더군요. 이처럼 제 몸 안에 이런 내공을 간직하고 있지만, 너무 흔하기 때문에 사람들은 거들떠보지도 않지요. 그러니 편한 마음으로 종자 번식에 열중하는가 봅니다.

민들레의 꽃말은 '사랑의 신탁神託', '감사하는 마음'이라고 합니다. 사랑의 신탁이란, 깃털 달린 꽃씨를 하나씩 입으로 불어 날리면서 "나는 너를 사랑해"와 "너는 나를 사랑해"를 되풀이하면서 날리다 마지막 남은 하나로 누가 누구를 더 사랑하는지 신탁을 얻게 된다고 합니다. 연인이나 부부가 이 꽃씨를 날리면서 신탁을 얻어 보는 것도 괜찮지 싶습니다.

화려한 조명을 받지 못하더라도, 주어진 여건에 적응하면서 평화로이 안주하려는 마음 쓰임이, 참 평화인지도 모르겠습니다.

함박눈

뒤도 한 번 아니 보고 가버린 사람인데
까닭 모를 기다림이 이상도 해
흔들리는 깃발로
사계四季를 창가에서 펄럭여 보지만
눈길 한 번 주지 않는 야속함으로
겨울바람 뒤를 따라 언덕에 서니
기다림이 야속함이
제 무게 견디지 못하고는
함박눈으로 펑– 펑–
쏟아져 내립니다.

난 향기

이번 겨울은 유독 눈이 적은 가뭄으로 겨울나무들이 갈증에 껍질을 벗기고 있고, 작은 물고기들은 젖줄이 줄어들어 많이들 수척해져 있습니다. 오늘이 봄기운이 서린다는 입춘인데 봄이 온다 해도 나무들이 새순 틔울 기운들이나 있을지 걱정스럽습니다.

서너 해 전 지인 집에서 가지고 온 난蘭 한그루가 겨우내 꽃대궁을 실하게 올리면서 꽃망울을 몽글더니만, 엊그제 놀란 꽃사슴 눈망울로 화들짝 피어서는 썰렁하던 겨울 집안에 봄기운을 하나 가득 채워주었답니다.

제 집사람이 향기가 아주 좋다며 하루에도 몇 번씩 내게 맡아보라고 해, 코를 바짝 대고 콧구멍을 벌렁대며 맡아도 아무 향이 없는 것을 보면, 저는 향을 코로 맡으려 하고, 집사람은 가슴으로 맡고 있기 때문인가 봅니다. "뭔 좋은 일이 있으려나!" 제가 작은 목소리로 중얼거려 봅니다. 그것은 집사람에게 작은 희망이라도 잃지 않게 하기 위함이지요. 티베트 사람들은 이웃이 먼저 행복해야 자신도 행복할 수 있다고 기도한다는데, 저는 식구들의 안녕이나 빌기에 급급한 것을 보면 무지한 삶을 살아온 것 같기도 합니다.

이 겨울 춥지 않게 책보고 글 쓰고 기타 줄 팅기며 노래도 하고, 저녁에는 반주까지 곁들이는 건강도 받았는데 이 여유로움에 무엇을 더 바란다면 그것은 과욕過慾이다 생각하며 지금에 만족해하며 살고 있답니다.

현실에 만족해하며 사는 사람들은 꿈과 희망을 저버린 것이 아니라 분수에 걸 맞는 아주 소박한 꿈을 키워가는 지혜로운 삶이 아닐까 하는 생각도 해보게 된답니다.

열심히 사랑해야지

우리는 무엇을 가졌고. 무엇을 잃었다 하는가?
살아오면서 가져보고 잃어보고 했던 모든 것들은
스쳐 지나는 한 점 바람인 것을

소유하려 집착했던 그 어리석음으로

풀벌레 울음소리에도 가슴 아파해야 했다.

우리네 인생이란

태어날 때는 퍽이나 긴 것도 같았는데

봄가을을 일흔 번도 못 본 듯한데

하나둘 떠나는 이웃들을 보면서

자신도 떠남을 준비해야 하건만

오늘내일 설마하니 그리 미루다가

갑작스레 명부冥府에서 부르게 되면

사랑하는 가족과 이웃들에게

작별 인사도 변변히 나누지 못하고

삼베 옷 한 벌에

쌀 세 수저를 삼만 석이라 하고

동전 세 닢을 삼만 량이라 하여

그것을 저승 가는 여비로 하고는

홀홀단신 그렇게 떠나게 되는 것을….

백 년도 살지 못하면서

그 좋은 이웃들을

하찮은 일로 미워했기에

미움받이 된 것에

이제 미워했던 무게만큼 만이라

살아 있는 한

열심히 열심히 사랑해야 하겠다.

모든 이웃들은, 내 식솔들만큼이나 소중한 것들

그 이웃들의 소중함이 전제되어야

내 가족의 소중함도 유예되어지는 것.

이승을 떠나 저승이라는 낯선 곳에서의

홀가분한 여행을 위해서라도

살아 있는 그날까지

열심히 열심히 사랑해야 하겠다.

김한경 시인의 차 한 잔의 행복

유치원 어린이들

    지난 가을 강릉을 가려고 고한 기차역 대합실에 들어서니 노란 옷들을 입은 어린이들이 병아리처럼 모여서는 깔깔대며 북적이고 있기에 "어디들 가셔?" 하니 이십여 명이 합창이라도 하듯이 "정동진으로 기차여행 가요!" 합니다. 고한에 있는 어느 유치원생들입니다.

    기차 안에서도 재잘대고 깔깔대는 소리들이 그리 시끄럽지가 않고 정겹게 들립니다. 한 어린이가 "야! 바다다." 하니 다들 그쪽 창가로 모여서는 "바다다 바다. 배도 있다." 하고 환호하고 선생님과 학부모들은 연신 간식거리를 나눠주고, 휴대전화로 사진 촬영에 다들 바쁘기만 합니다. 이 산골에서 유치원생들이 2시간여 거리의 기차여행을 갑니다.

    그래 우리 어렸을 때야 기차 여행은커녕 유치원이 없을 때이니 참으로 좋은 시절 만났습니다. "그래 이 좋은 시절 만난

것도 너희들 복이지. 건강하고 행복하게들 자라거라." 마음속으로 빌어주었지요.

기차길 옆 밤송이들은 속을 홀랑 까뒤집은 채 달려들 있고, 감나무에는 감들이 총총히 매달려 가지가 찢어지게 붉게 익어가고들 있습니다. 들녘엔 벼들이 황금물결을 이루고, 간간이 보이는 작은 시골집 마당과 지붕 위에는 붉은 고추 말리는 모습들이 한가롭기만 합니다. 참으로 평화스런 모습들이지요. 이게 다 나라를 힘들게 지켜주시고 발전시켜 주신 조상님들의 덕분이다 생각하니 감사하고 고마운 마음이, 바다 물결로 잔잔히 밀려오는 그런 시간이었습니다.

그때를 추억하지

모자라고 부족해
더 갖고 싶을 때면
우리 그때를 추억하지.
쌀 있지 연탄 있지 김장했지.
뭣이 걱정이야!

모자라고 부족해

더 갖고 싶을 때면

우리

그때를 추억하지.

무릉리 벚꽃

여의도나 경포대 벚꽃들이 만개하였다가 졌는데, 이곳의 벚꽃은 요즈음 활짝 피었답니다. 정선군 신고한 터미널에서 증산(민둥산역) 쪽으로 7km, 약 십여 분 가다 보면 '멀미'라는 마을이 있습니다. 5층짜리 저층 아파트 7개 동과 단독 주택 십여 세대가 모여 살고 있는 산골 마을이지요.

마을 앞 큰 개천 옆에, 벚나무 100여 그루(경포의 아름드리 고목에는 못 미치는)와 운동기구 20여 개, 정자 4개 동이 있는 '무릉 체육공원'이라는 잔디공원이 있습니다. 그런데 요즘 이곳의 벚꽃이 활짝 피어 지나가는 사람들이 차들을 세워놓고 꽃구경을 즐기다 간답니다. 공원 옆으로는 큰 개울이 있어 물소리도 청량하고요. 올봄 벚꽃 구경을 못 한 분들에게는 넉넉한 볼거리를 만들어 놓고 있지요. 바람이 부니 함박눈으로 날리면서 말입니다.

김한경 시인의 차 한 잔의 행복

꽃은 먼저 핀다고 시기하지 않고 먼저 진다고 아쉬워하지 않습니다. 때가 되면 피고 지는 자연의 섭리를 거슬음 없이, 하여 피는 꽃이 있으면 지는 꽃도 있지요. 시기와 질투와, 좋은 계절을 선택하지 않기에, 자연은 계절 계절마다 아름다운가 봅니다.

함박눈 사랑

안개꽃 잎새로
송–이 송–이
행복 담아

난–분–분
난–분–분
내리는 사랑.

찰_랑 찰_랑
쌓이는 사랑.

당신 곁으로
다가가는 사랑.

나무의 지혜

　나무들은 초록 잎새에 단풍을 곱게 물들이더니만 이제는 모두 떨구고는 앙상한 가지들만 남아 있어, 단풍잎이 달려 있으면 겨우내 덜 춥지 않을까 하는 생각을 해보게 되지요. 그러나 이것이 나무에게는 겨울을 잘 견디며 살아남기 위한 제 살 깎는 아픔의 과정이라고 합니다.

　가을이 지나 겨울이 오면, 짐승들은 굴속으로 들어가고 사람들은 집 안으로 들어가 겨울을 나지만, 움직일 수 없는 나무들은 스스로 묘책을 찾은 것이 바로 잎과 줄기에 수분을 줄여, 동상을 입거나 얼어 죽는 상황을 피하게 된 것이라고 하지요. 그래 낮 기온이 섭씨 5도 이하, 밤 기온이 영하로 떨어지면 나무뿌리는 수분 흡수를 완전히 멈추고 줄기와 잎새의 연결된 부위에 '떨켜층'을 만들어 잎으로의 수분 공급을 완전 차단, 잎에 있는 엽록소가 줄기나 가지로 흘러드는 것을 막아

잎이 말라 떨어져 나가게 하고, 잎이 떨어져 나간 자리에 바이러스나 세균이 침입하지 못하도록 떨켜층 밑에 '보호층'이란 '세포층'을 만든다고 합니다.

이렇듯 나무의 겨울나기는 사람이나 동물들에 비해 매우 가혹하며, 이 과정들은 나무들이 오랜 세월 진화하면서 터득한 지혜라고 하지요. 그래 이런 가혹한 과정을 스스로 반복하기에 수백 년 된 나무들이 지금도 살아 있을 수 있나 봅니다.

전우익 농사꾼이 쓴 《혼자만 잘살믄 무슨 재민겨》 책 머리말을 쓴 신경림 시인은 전우익 씨가 "사람들은 나무를 함부로 다뤄. 나무도 다 영이 있는 건데. 백 년도 못사는 사람한테도 영이 있는데 몇백 년을 사는 나무한테 어떻게 영이 없겠어?" 라고 했답니다.

나무들은

나무들이 언제 꽃 피운다, 호들갑 떨디?
잎새 떨군다고 하소연해?
잎새나 뿌리가 누구와 자리 다툼하디?

김한경 시인의 차 한 잔의 행복

나무야 오는 바람 마다 않고 가는 햇살 붙잡지 않아.

한 자리에 머물면서 쏘다니는 짐승들도 못 하는 일들을

나무는 묵묵히 다 하고 섰지.

덩굴나무가 자신을 감싸고 올라도 꾸짖기는커녕

제 살을 깎아 그 흔적을 남겨주지.

나방 애벌레들의 겨울 생존기

　겨울 숲속에서, 봄날의 화려한 비상을 꿈꾸는 나방 애벌레들, 그들은 양질의 단백질 덩어리다. 그래 사방에 그들을 노리는 천적天敵들이 득실대는 상황에서 기상천외한, 주변 환경과 흡사하게 만드는 의태擬態로 자신을 보호한다고 합니다.

　먼저 자벌레는 앞다리를 움직여 나뭇가지를 꼭 잡은 후 뒷다리를 가져다 붙여 나무 잔가지처럼 보이게 하고, 몸큰가지나방의 애벌레도 자벌레처럼 나무 잔가지로 위장을 하지요. 큰무늬박이 푸른자나방 애벌레는 갈색의 낙엽을 몸에 붙여 낙엽으로 위장을 하는가 하면, 검은 띠 나무결재 주나방 애벌레는 항문 쪽 다리 2개가 꼬리처럼 변신해, 자극을 받으면 2개의 꼬리가 방울뱀처럼 '따르르' 소리를 내 천적을 쫓는다고 합니다.

　또 일부 애벌레들은 최상위 포식자인 뱀의 눈을 모방해 다른 천적들의 기를 꺾는다고도 하지요. 포식자들은 보통 먹잇 감의 눈을 공격해 방향감각을 마비시키고 편안히 식사를 하는데, 나방 애벌레들은 이 점을 이용해 뱀의 눈을 닮은 가짜 눈을 머리에 만들어 접근하는 포식자에게 이 두 눈을 보게 하여, 포식자들이 갑자기 뱀의 무서운 시선이 자신을 쳐다보게 되니 화들짝 놀라 도망가게 한다고 합니다.

또한 독을 가진 독나방과 애벌레들은 복실복실한 털이 많아 부드럽고 따뜻하게 보이지만 그 털이 살짝 스치기만 해도 피부가 쓰라리고 가려워 심한 알레르기성 접촉 피부염을 발생시키기도 한다고 하지요.

이와 같이 애벌레들의 봄날 화려한 비상을 위한 처절한 겨울 생존기를 자세히 들여다보면 자연의 위대한 지혜로움에 감탄하지 않을 수 없습니다. 살아 있음은 누군가가 그냥 저절로 살게 해 주는 것이 아니라, 스스로 살아갈 수 있는 능력을 스스로 터득해야만 한다는 것을 작은 나방 애벌레들에게서도 배워야겠습니다.

고마운 일

경칩이 지나서도
못 벗은 내복을 개나리 진달래 피고서야
옷장에 개켜서 넣는다.
내년 겨울
다시 입게 될런지는
알 수야 없지마는
수년 만의 깡 추위를
덕분에 잘 견디었으니
참으로 고맙고 감사한 일이다.
한여름에도 등이 시려
내의를 못 벗으신다는
엄마의 말씀이
귀에서 찰랑거린다.

돌아보면 모든 게 다
고맙고 감사한 일들이야.
그래 그 고마움으로

삼라만상이

머물고 떠나고….

버들강아지

봄이 오는 것을 제일 먼저 알리는 것은 개울가에 피어나는 '갯버들'이지요. 갯버들은 개울가나 습지에서 사는 작은 버드나무로, 꽃이삭은 아주 작은 꽃 여러 송이가 벼나 보리 이삭 같은 모습으로 빼곡히 달려 있어 바람에 살랑이면 강아지가 꼬리 치는 것 같지요. 그래서인지 예로부터 '버들강아지' 또는 '버들개지'라고도 불렀답니다.

요즘 시골뿐 아니라 도시 하천에서도 흔히 볼 수 있는 갯버들은, 개나리·진달래·벚꽃들과 같이 꽃이 화려하지도 않고 향기도 없지만, 연한 녹색 가지에 하얀 솜털을 드러낸 모습은 우아한 기품이 있으며, 오염된 물질을 흡수하는 독특한 능력도 갖추고 있다고 합니다. 물가에서 무성하게 뿌리를 내려 질소·인산 등의 오염물질을 흡수해 하천을 깨끗이 만들어준다고 합니다. 그래 여러 지자체에서는 이를 활용해 도시

김한경 시인의 차 한 잔의 행복

하천을 정화할 목적으로 갯버들을 인공적으로 가꾸고 있다고 합니다.

60여 년 전, 찢어진 검정 고무신을 흰 실로 꿰매 신고는 책을 보자기에 싸서 등에 메고, 버들강아지를 따서 먹고, 그리고 가지를 꺾어 피리를 만들어 '삐리리 삐리리' 하고 불었을 때가 생각납니다. 꽤 오래전 일인데 그 시절이 왜 이리도 선명하게 기억되는지 모르겠습니다.

열반 涅槃

합장한 동자승은
잠이 쏟아지는데
노장의 법문은 길기만 하다.

눈을 뜨면 천지가
부처 밖의 세상이고
눈을 감으면 삼라만상이
부처 안 우주인 것을.

노장은 주장자로
맨 마루만 울려대니

합장한 무게만큼
눈꺼풀도 무거워져

어린 동자승은
그만 잠이 들어버렸어.

갈대

《천강에 비친 달》,《암자로 가는 길》등 많은 소설과 산문집을 펴낸 정찬주 작가는 법정스님으로부터 재가 제자로 '무염無染'이란 법명을 받기도 하였습니다.

스님이 살아계실 적 처소를 찾아 숲으로 난 오솔길을 둘이서 걷다가 계곡을 내려가 갈대가 무성히 자라는 곳을 지날 무렵, 어린 갈대 사이에 마른 갈대들이 삐죽삐죽 서 있는 게 보였지요. "스님, 갈대들이 병치례를 하는 것 아닙니까?" 물으니 "아니에요! 마른 갈대를 보면 사람보다 더 기특해요. 저 마른 갈대들은 작년에 자랐던 것들이지요. 그런데 아직 서 있는 이유는 어린 갈대가 스스로 설 때까지 받침대가 돼주기 위해서랍니다. 어린 갈대가 더 자란 후 혼자 힘으로 설 수 있게 되면 마른 갈대는 쓰러진다"고 하셨답니다.

정 작가는 자연의 '무정설법無情說法'이라는 것이 바로 이런 것이로구나 깨달으면서, 어떤 길을 걸으며 살 것인가, 어떤 생각으로 살아갈 것인가, 그날의 신선한 감동과 첫 자각으로 지금도 삶의 선명한 이정표로 삼고 살아가고 있다고 합니다.

갈대숲에 바람이 머물다 가더라도 갈대숲은 바람의 소리를 남기려 하지 않고, 연못가에 기러기가 노닐다 가더라도 연못은 기러기의 그림자를 남기려 하지 않는다고 했습니다.

김한경 시인의 차 한 잔의 행복

쥐똥나무꽃

이곳 함백산 기슭은 겨울이 6개월이라는 말이 있답니다. 그만큼 겨울이 길지요, 그래 5월이 지나야 겨울이 갔구나 생각된답니다. 봄이 오면 제일 먼저 개나리가 피고 목련에 진달래, 철쭉이 피고는 다음에 쥐똥나무꽃이 피지요.

쥐똥나무 꽃향기가 기가 막히게 좋아, 향기 나는 쪽을 살펴보면 쥐똥나무 잎새에 가려진, 총총히 모여 앉은 아주 작은 꽃잎새들을 만나게 된답니다. 열매들이 쥐똥만 하게 작아서 쥐똥나무꽃이라 이름이 붙여졌답니다.

필자 생각으로는, 꽃이 너무 작아 쥐똥나무 잎새에 가려져 자신들의 모습이 사람들의 눈에 들지 못하니, 향으로 사람의 눈길을 끌어야겠다는 생각에서, 아마도 기막힌 향을 뿜어대고 있지 않나 하는 생각이 들게도 된답니다.

자신들을 가리고 덮어 사람들 눈에 못 들게 되는 잎새들을 원망이나 탓하지 않고, 스스로 기막힌 향을 내뿜어, 사람들의 눈길을 사로잡는 저 쥐똥나무 꽃잎들의 지혜로움에 탄식을 금하지 않을 수 없습니다. 쥐똥나무꽃의 지혜로움이 바로 행복이 아닌가 하는 생각을 해보면서 말입니다.

그러고는 어느 날인가 향이 씻은 듯 사라져 코를 벌렁거리며 쥐똥나무 속을 살펴보면 언제 피었다 졌는지 자취도 없이 사라졌답니다. 아주 짧은 시간, 잠시 왔다 가면서 사람들을 그리 기쁘고 즐겁게 해주고는 자취 없이 사라지는 저 작은 꽃잎새들…. 내년 봄이 돼야만 다시 쥐똥나무의 기막힌 꽃향기를 맡게 되겠지요.

옹알이

따사한 햇살에
지붕 위 쌓인 눈이
똑- 똑- 낙수 져 내린다.
때가 되면 봄은 오시겠지.
암 오고 말고

그러면 함백산 봄꽃들이

나를 반겨 옹알이 하겠지.

"지난겨울 잘 견디셨군요!

저도 잘 견디고는 이리 꽃을 피웠지요.

당신을

꼭—

만나보려고요."

군자란 이야기

　　필자의 집 베란다에 큰 화분 두 개에 군자란이 있고, 사랑
초 화분 1개 그리고 난 두 화분, 그렇게 있으면서 난을 빼고
는 군자란과 사랑초는 때가 되면 꽃을 피우고, 지고 한답니다.
잘 자란 군자란이 올해도 보름 전부터 실하게 꽃대궁을 밀어
올리더니 열 개씩의 꽃망울들이 하루하루가 다르게 붉은색으
로 조금씩 진하게 물들어 가고 있답니다. 조만간 꽃을 피우겠
지요. 그런데 꽃을 피운 것도 예쁘지만 푸른 꽃망울이 하루가
다르게 커가며 붉어지는 것에 제 마음과 눈이 맑아지고, 피운
꽃을 보는 것만큼이나 아름답고 신비스럽답니다.

　　수년 전 저 군자란이, 잎줄기가 촘촘하고 단단해서 꽃대궁
이 생겨나서는 오르지도 못하고 잎새 틈에 끼어, 피우지도 못
하고 죽고 말 때, 내 잎새들을 잘라내고 빨래집게로 잎새 사
이를 벌려주고 했는데, 우리 큰 딸아이가, "아빠 저 잎새들이

얼마나 고통스럽고 힘들겠어요!"라고 하던 말들이 귀에서 짤랑 대면서, 잎새들을 잘라 준 것이, 내 잘한 일인지 잘못한 일인지를 곰곰이 생각을 해보면서, 쌀 씻은 물을 받아 주면서 예쁘게 크기를 주문해본답니다.

오늘이 삼월의 마지막 날, 창밖에는 봄을 시샘하는 꽃샘추위에 싸래기 눈이 마구 쏟아지는데, 군자란은 그런 것에 아랑곳 않고, 온몸으로 열심히 꽃대궁을 밀어 올려, 몽우리 맺고 꽃망울을 터트리려 하고 있답니다.

저도 어떤 환경에도 아랑곳 않고, 내 온몸으로 열심히 그리고 당당하게 내 나름의 삶을 꾸려가고 있는지, 뒤돌아보게 되면서 말입니다.

행복

질 때를
염려치 않고
꽃은 피고

떨어질 때를

걱정 않고

열매는 영근다.

김한경 시인의 차 한 잔의 행복

사랑초

필자가 15년간 몇 번 이사하면서 함께 가지고 다닌 화분 몇 개가 있답니다. 사랑초, 군자란, 난 등인데, 잎새가 시들한 것 같으면 물이나 주는 것뿐인데도, 잘 살아줄 뿐만 아니라, 때가 되면 꽃도 피워준답니다. 그래 고마운 마음으로 가끔은 쌀뜨물을 주곤 하지요.

집사람 살아생전에는 꽃이 필 때마다 "아이고 꽃이 예쁘게도 피었네, 뭔 좋은 일이 있으려나 봐요!" 하면 "힘들게 꽃을 피워 우리의 마음을 즐겁게 해 주는 일이 얼마나 고맙고 좋은 일이여요. 물밖에 주는 게 없는데!"라고 말하곤 했지요. "그래 맞아요. 맞아!"라고 했는데….

나비가 날아들어 꽃이 너무도 예뻐서 그냥 눌러앉아, 나비의 날개가 사랑초 잎새가 됐다는데, 낮이면 날개를 활짝 펴서 이 꽃 저 꽃 나-폴 나-폴 날아다니며 허공에 길을 내고, 꽃밭을 일구다, 밤이면 날개를 접어 꽃들을 포근히 감싸주는… 그래 사랑초 꽃말이 '당신을 버리지 않을게요.'라고 하던가요.

올해는 사랑초가 가녀린 목을 길게 뽑고는 서너 개의 꽃송이들을 너무 많이도 피워놓아 잎새들이 보이지 않을 정도여서 눈이 시리답니다. 어느 보고픔이 그리도 깊어 명주실의 가녀린 목을 길게 내밀고는 연분홍 꽃잎들을 송이송이, 화분 가득히 피워놓고는 어느 보고픔을 그리 기다리고 있는 것일까?

생전에 그리도 좋아하고 예뻐해주던 할멈을 기다리는 것은 아닐는지. 허기사 15년을 함께 살았는데, 꽃인들 어디 그리 쉽게 할멈을 잊어버릴 수가 있을까요…. 그래 할멈이 누워 있는 만항제 야생화 꽃밭 쪽을 향해 저리 목을 길게 늘어트리고는 오늘이고 내일이고 마-냥 마-냥 기다리고 있나 봅니다. 머리 머리마다 연분홍 꽃들을 소복이 이고 앉아서는….

사랑초

님은 멀-고 멀기만 한데
사랑초는 어쩌자고

김한경 시인의 차 한 잔의 행복

저리도 흐드러지게

꽃을 피워 놓았을고.

들고 나는 햇살에

봄은 멀어지는데.

단풍찌개

엊그제 볼일이 있어서 손주들과 함께 강릉을 다녀왔답니다. 왕복 4시간여를 단풍으로 곱게 물든 산길을 꼬불꼬불 돌고 돌면서, 가을 단풍에 흠뻑 취했답니다. 엊그제 파릇파릇 돋아난 새순들이 봄여름을 지내면서 이제 다음 잎새들에게 자리를 내어주기 위해 떠나야 하는 이별의 아쉬움을 형형색색 단풍으로 표현합니다. 때를 알고 떠남을 준비하는 저 모습들이 그래서인지 더욱 아름다운가 봅니다. 그래 우리 사람들도 때를 알고 떠나는 뒷모습은 아름답다고 했지요.

오는 길에 예쁜 단풍잎새 몇 개를 주워 집에 와서 고추장을 풀고 양파 감자 호박 두부 찌개를 끓여 그 위에 단풍잎새 몇 개를 띄우고는 반주를 곁들이니, 단풍잎새들이 동동 떠서는 붉게 물든 가을 산을 마시는 기분이 들더군요. 단풍찌개와 함께 얼큰하게 반주를 하면서, 나도 이승을 떠나게 될 때 단풍잎새들처럼 아름다운 모습으로 떠나게 해달라고 기원하면서, 내 살아온 삶을 반추하게 되더군요.

부모님 덕으로 평생 힘든 일 모르고 곱게 자라면서 시를 쓰고 노래하면서 풍류를 즐기며 살아온 내 생이 그래도 행복했지 싶으면서, 한편으로는 부모님에게 효도하지 못한 불효의 후회스러움에 자괴의 눈물을 글썽이기도 했답니다.

그래 함께 문학을 하는 도반에게 단풍찌개 이야기를 했더니만 "어유 김 시인은 아름다운 단풍의 가을 산을 홀랑홀랑 잡수셨네요." 하기에 함께 웃으면서 깊어가는 가을을 새록새록 음미했답니다.

겨울 풍경

색동옷의 가을 숲이
단풍 털고 알몸 되니
속살이 휭– 하니
등짝이 시리겠다.
나이테 하나만도

저리 힘든 견딤인걸

일흔 개로 섰는 내는

누구의 은덕일고

나도야 고희古稀시절

단풍 지는 일몰이니

숲으로 돌아가

거름이나 돼야겠소.

꽃비 내리다

　고향 도반이 제 고향에 벚꽃이 만개했다고 해 청량리행 기차를 탔지요. 작은 헤드폰을 끼고 음악과 창밖 풍경을 음미하다 보면 지루한지 모르고 도착하지요. 요즘은 기차도 20여 분시간이 단축되어 3시간 10여 분만에 고한에서 청량리에 도착하더군요.

　다시 청량리에서 전철을 타고 한강변을 따라 고향 쪽으로 가는데, 강변은 벚꽃과 개나리들이 활짝 피었고 앙상하던 버드나무는 파릇파릇한 새싹들을 가지가지 달고, 겨우내 얼었던 강물은 푸른 물결을 찰랑대며 봄의 찬가를 부르고들 있답니다. 헌대 전철 안 사람들은, 코로나에 황사로 두꺼운 마스크들을 쓰고, 거리 두기로 앉아서는 한 해 반이 되어가는 지친 몸과 마음의 시름에 지쳐, 봄이 오는지 가는지를 모를, 굳은 표정들을 하고 있답니다.

내 살던 불광천에 도착하니 20여 년 전 어린 벚나무들이 제법 굵직한 아름을 하고는 흰 구름 같을 솜사탕들을 머리에 소복이 소복이 이고는 꽃 터널을 이루고 있고, 그 밑을 사람과 애완견들이 즐겁게 거닐면서 연신 스마트폰 카메라로 사진 촬영을 하고들 있답니다.

내 어릴 적 여름이면 소쿠리로 버들치 잡으며 물놀이하고 겨울이면 천 옆 논에서 썰매 타던 그곳, 하루 서너 번 다니는 버스 한 대만 지나가면 먼지가 뽀얗게 일던 불광천. 이제는 사계절 적당량의 물이 흐르고 고기들이 노닐고, 천 옆으로는 빌딩들이 즐비한 이곳에서 그 어린 시절이 파노라마처럼 떠오르면서, 나이 칠십을 훌쩍 넘긴 세월을 더듬어보기도 했답니다.

그곳을 떠나온 그다음 날 봄비가 많이 내려, 벚꽃들이 모두 져, 그 밑에 세워둔 차가 꽃잎을 홀랑 뒤집어써 꽃차가 되어 있는 모습을 도반이 사진으로 보내주어, 저 꽃비를 온몸으로 맞아봐야 하는데 하는 아쉬운 마음이 들기도 했답니다.

벚꽃

어제는 마른 가지마다
아가 젖니 같은
해맑은 꽃망울 몽글몽글 영글더니
오늘은 흐드러지게 피워 물어
눈앞이 아찔하니
멀미하게 해.
내일은
제자리에 열매 달아놓고는
흰 삼베옷으로
땅 위에 눕겠구려.

길 위에서 길을 묻는다

가을의 문턱이라는 처서가 지나 한참 더위 때 입던 티셔츠를 입으니 썰렁하고 쓸쓸해서 다시 벗고는 긴소매 셔츠로 갈아입었다. 그리고 밤이면 바람이 서늘해서 저녁이면 창문을 닫고 겨울 이불을 꺼내 발목만 덮고 자다가 필요하면 가슴까지 덮게 된다.

함백산 기슭은, 겨울이 반년이고, 여름이 반년이라고 하니 그 긴 겨울을 다시 준비해야만 하겠다. 그러면서 지난해를 되돌아보게 된다. 내 태어나 이 가을을 몇 번이나 맞이했는가, 그리고 앞으로 몇 번의 가을을 맞이하게 될 것인가. 돌아보면 짧기만 한 내 생이 제대로 길을 잘 선택해 걸어온 것인지, 아님 잘못된 지름길로 들어선 것은 아닌지, 일몰의 생이 길 위에서 길을 묻는다. 내 가야 할 길의 끝은 보일 듯 보일 듯도한데, 걸어온 시작점은 아련하니 멀기만 한 것 같아….

돌아보면 부모님 덕에 고생이라고는 모르고 참으로 재미있는 생을 살아오면서, 글 쓰는 길을 선택한 것이 내 가장 잘한 일 중 하나임을 자부하면서도 가끔은 황혼의 길목에 서서 그 길을 되돌아보게 되는 것은 나만의 심사는 아닐 듯도 싶다.

어찌해야 남은 생을 추하지 않게 살다가 가는 것일까. 그리고 이웃들에 누가 되지 않고, 생에 대한 집착 없이, 생자필멸이라는 죽음의 섭리를 평온하게 받아들일 수 있게 되는 것일까?

지구별 수십억의 사람들, 대한민국이라는 작은 땅 위에서 오천만의 한 사람으로 태어나 서로가 서로를 알게 된, 하늘이 맺어준 인연들도 아주 소중히 소중히 간직해야만 하겠다.

인연

전생 무슨 인연이기에
이승에서 할비와 손자로 만나
늦사랑에 푹 빠져 세월 가는 줄 모르다
때가 되어 헤어지게 되면

우리 어느 하늘 아래 그 무엇으로 다시 만날 수 있을까?

네 창가엔 구만 리 하늘이 솟고
내 창가엔 지금 황혼이 깃드는데.

봄날은 간다

    오라 가라 하는 이 아무도 없건만 세월 따라 계절은 잘도 오고, 잘도 가고 합니다. 이곳 함백산 기슭에도 엊그제까지만 해도 눈이 내리더니만 오늘 아침, 겨우-내 앙상했던 목련 가지엔 아가 백조들이 날아와 앉자 힘찬 비상을 위해 날개를 서서히 펴고 있습니다. 빈 개나리 숲 가지마다 참새들이 쪼아댄 자리 자리에 꽃잎을 틔운 개나리 덩굴들은 밥알을 뻥튀기해 노란 물감을 흠뻑 물들여 머리에 가득 이고는 줄줄이 앉아들 있고, 겨울잠이 덜 깬 산 숲에는 나무들 사이사이로 진달래들이 연분홍 손수건을 흔들며 수줍은 웃음으로 반겨 주고들 있습니다.

    "지난겨울 잘 견디시어 이 좋은 봄날을 맞이하시게 된 그 반가움에 우리 봄꽃들을 모두 꽃을 피워 놓고 이리 반겨드리고 있습니다."라고 귓속말로 소근거리면서 말입니다. 그래 이

환한 봄날을 맞으니 침침했던 눈이 밝아지면서 문득 〈봄날은 간다〉 노래가 떠오르는군요. 오는가 싶었는데 훌쩍 떠나버리는 짧은 만남의 아쉬움 때문인지, 아님 속절없이 흘러가는 세월의 무상함에서인지….

"연분홍 치마가 봄바람에 휘날리더라. / 오늘도 옷고름 씹어가며 / 산 제비 넘나드는 성황당 길에 / 꽃이 피면 같이 웃고 / 꽃이 지면 같이 울던 / 알뜰한 그 맹세에 / 봄날은 간다."

손노원 작사 박시춘 작곡으로 백설희 씨가 1950년대에 부른 꽤 오래된 노래인데 지금도 많은 사람들의 애창곡으로 남아 있는 것은 애잔한 노랫말과 그 곡조가 우리의 심금을 울려주기 때문인 것 같습니다.

우리 모두 저절로

해도야 절로 가니
달도야 절로 가고
사는 일도 절로절로
죽는 일도 절로절로

김한경 시인의 차 한 잔의 행복

나 절로 너 절로

우리 모두 저절로.

4장

사랑하는 사람과
함께하는 시간

오십 평생의 사랑도 순간인 것을

제가 함백산에서 가끔 서울을 가면서 기차를 이용해보니, 버스보다 1시간 남짓 더 걸린다는 것이 흠이지, 좌석 너르고, 노인 우대로 요금 저렴하고, 화장실도 있고, 안전하고 해서 아주 편하고 좋다고 하니 요즈음엔 집사람도 기차를 이용한답니다. 집에서 기차역까지는 20여 분 거리인데 이곳 차들은 좁은 길을 너무도 쌩쌩 달리고, 새벽이라 날도 어둡고 해서 역까지 바래다주고 오곤 하지요.

오늘도 집사람과 함께 기차역을 가서 잘 갔다 오라고 손을 흔드는데 문득 이 인사가 마지막이 되는 날이 머지않아 오겠다는 생각이 들어 가슴이 짠해지면서 눈물이 고이더군요. 하늘을 올려보고 눈물을 삼키면서 집으로 돌아오는 길에 이런 생각을 하게 되었답니다.

아무것도 모르는 어린 나이에 자신의 일생을 내게 몽땅 맡겨버린 사람. 오십여 년을 살면서 잘해 준 것은 기억에 없는데, 못 해준 일만 양미리 줄에 엮이듯 줄줄이인데도, 죽어서도 나를 다시 만나겠다는 사람. 곁에서 함께 늙어간다는 것도 고맙고 감사한 일인데, 이제 얼마 남지 않은 세월이지만 허물없는 모습으로 곁을 지켜줘야겠다는 생각을 하게 된답니다.

다툼과 화해를 거듭하며, 인내와 포용으로 일구어진, 오십 평생의 사랑도 이승이 끝나게 되면 순간인 것을… 남은 세월 후회 없이 사랑하다 가야지 하는 다짐도 하게 되었답니다. 오늘따라 함백산 아침 공기가 유독 상쾌합니다.

순간 사랑

사랑만 하기도 짧지 짧은 세월
당신 열심히 열심히 사랑하세요.
단 한 번뿐인 자신의 생을
아무 조건 없이 당신에게 몽땅 맡겨버린
그 사람 삶의 전부를
후회 없이 사랑하고 사랑하세요.

187

평생 사랑도

이승이 끝나면

순간이니까요.

이별의 아픔

간암 환자들에게서 가끔 오는 간성혼수라는 증세가 있답니다. 배변을 못해 체내에 암모니아 수치가 높아져서 혼수상태가 오고, 시간을 지체하게 되면 생명이 위태로워진다고 합니다. 필자의 내자가 그 증세가 와서 서둘러 치료받고 있는 서울병원 응급실로 갔답니다.

치료가 잘돼 집으로 오는 차 안에서 집사람이 창밖을 바라보며 혼잣말로 "당신 덕분에 내 살아서 이 길을 다시 내려가는군요." 하면서 하염없이 눈물을 흘리더군요. 그러니 한 달에 서너 번씩 응급실을 갈 때, 병으로 인한 고통도 고통이지만, 이게 마지막이 될지 모른다는 그 이별의 아픔이 얼마나 깊었을까 하는 생각에 저도 눈물이 마구 쏟아져 한참을 울었답니다.

그런 아픔도 모르고, 집사람이 자신의 지갑에 가족들 사진 여러 장을 넣고는, 응급실이나 병실 어디를 가나 그 지갑을 손에서 놓지 않고 꼭 쥐고 다니는 것을 보고, 내심 왜 지갑을 저리 열심히 챙기나 했답니다. 행여 오늘이 마지막 순간이 되더라도, 가족들 얼굴이라도 한 번 더 보려는 그 사람의 그 마음씨를 헤아리지 못하고 말입니다. 아마도 내가 곁에 없을 때면, 가족들 사진을 꺼내 보며 한없이 눈물을 흘렸겠지요.

살다 살다 오십 년을 함께 살다, 누가 먼저 떠나게 되면. 육신이야 떠난다지만, 그리운 가족들 곁을 떠나지 못한 그 영혼은, 한 점 바람이나 햇살이 되어, 보고픈 사람들 곁을 서성이며 이승의 어딘가를 맴돌고 있겠지요.

부부의 연으로 살다가 헤어지게 되면, 보내는 사람과 떠나는 사람, 누구의 몫이 더 큰 아픔으로 남아 있게 될까요? 태어나면서 이미 약속된 생자필멸生者必滅의 생이라고는 하지만 말입니다.

외로워질 때면

그대 돌아서 가는 뒷모습만큼이나

190   김한경 시인의 차 한 잔의 행복

내 외로워질 때면

잘 가라 손 흔들어주는

그대 손만큼이나

내 쓸쓸해질 때면

흰 모시 적삼의 하얀 나비 날개로

나-폴 나-폴 날아

반달 해안가 몽돌이나 되어볼까.

밤새 깜박이는 등대나 되어볼까….

그대보다

내

더

외로워질 때면.

세상에서 가장 아름다운 소리

　필자의 내자가 암 투병으로 서울 신촌 세브란스 병원에 입원해 있던 어느 날 밤이었답니다. 고등학교 동창들이 저를 만나보려고 신촌으로 왔지요. 그래 오랜만의 반가움에 얼큰하게 술을 하고는 헤어져서 병실로 들어와 보호자 침대에 누워 술기운에 금방 잠이 들었답니다.

　그런데 어디선가 들려오는 세상에서 가장 아름다운 소리에 잠이 깼답니다. 통증으로 시달리는 환자들의 작은 신음소리와, 폴 대에서 떨어지는 주사액 소리만이 들릴 듯 말 듯 한 새벽 3시경 병실 안 풍경. 그런데 그 아름다운 소리는 아주 작은 소리로 가랑 가랑이며 잠들어 있는 암 투병 중인 제 내자의 코고는 소리였답니다.

　오십 년을 넘게 함께 살아오면서 평생을 들어왔던 소리일 텐데, 오늘 유독 저리도 아름답게 들리는 까닭은, 살아있음에

안도하는 영혼의 숨소리이기 때문일까요. 아니면 헤어질 때가 다 돼서야 귀가 펑~ 뚫려서일까요….

그래 얼른 일어나 두 손을 모아 "저 살아있는 영혼의 숨소리가 제 살아생전 제발 끊이지 않게 해주옵소서"라고 염라대왕에게 한참을 기도하고 나서 창밖을 보니, 까만 옷의 저승사자가 고개를 끄덕여 주는 것 같더군요.

그래 잠들어 있는 집사람의 얼굴을 바라보며 입속말을 건넸지요. "여보 저승사자가 안 데리고 간다고 했으니 마음 놓고 크게 크게 코골아, 아셨지!"

어찌 살지

부부의 연으로
알콩달콩 오십 해를 함께 살아오다
누군가가 먼저 떠나게 되면
그땐 그 허전함 어찌 달래며 살지?
그 외로움 어찌 보듬고 살아.
누가 먼저 떠나고 나면

남아 있는 사람은

떠난 사람이 잘해준 것만 생각이 나고

떠난 사람에게 못 해준 것만 가슴에 쌓인다는데

그 여한 어찌 보듬고 살지?

어찌 눈 뜨고 살아….

봉숭아 물들여주기

　말복에 입추가 지나니 시골집 담장이나 처마 밑에 봉숭아가 빨간 꽃들을 피워놓고 호젓이 앉아들 있습니다. 이맘때면 우리 내자는 손톱에 매니큐어는 안 바르면서 봉숭아 물들여 달라고 손을 내민답니다. 손에 봉숭아 물들여주는 것이 연중행사가 되었지요.

　봉숭아꽃이 활짝 피었다가 조금 시들시들할 때 꽃잎을 따 백반을 넣고 빻아서 저녁에 손톱 하나하나에 소복이 올리고 랩으로 싸서 무명실로 묶어준답니다, 다음 날 풀고는 저녁에 다시 한 번 더해주면 손톱 위 예쁜 봉숭아 꽃물이 들어 한겨울 지나도록 지워지지 않는답니다. 집사람은 물들일 때마다 하는 말 첫눈이 올 때까지 지워지지 않으면, 첫사랑이 이루어진다면서, 우리 두 사람 중 누가 먼저 떠나고 나면 봉숭아꽃이 필 때면 많이도 생각나겠다고 하더군요.

한해살이 풀로 여름 한 달 꽃을 피웠다가 지고 마는 여린 꽃잎새인데 사랑이 얼마나 깊고 너르기에 돌같이 단단한 손톱에 자신의 색깔을 몽땅 물들여주고 가는 것일까? 봉숭아 꽃 물들인 그 사람의 손을 볼 때마다 육십을 넘게 살아온 저도 누군가에게 내 생의 색깔을 몽땅 물들여주고 떠나고 싶은 생각이 든답니다.

봉숭아 꽃물 들이다

깊어진 한여름
활짝 핀 봉숭아 꽃잎새로
집사람 손에 봉숭아꽃 물들여주다.
백반과 함께 빻은 꽃잎새를 손톱 위에 올리고
랩으로 싸서 무명실로 묶어준다.
해마다 봉숭아 꽃 필 때면
물들여달라며
어린아이처럼 손을 내민다.
매니큐어도 많은데

봉숭아꽃만 한 색깔이 없어서일까?
해마다 물들여주는 서방님의
애틋한 마음을 확인하고 싶어서일까?
아님 저승에 가서도
봉숭아 물들여주던 서방님을
지우지 않으려는 마음에서일까?
봉숭아꽃 물들여주다 보니
내 손끝에도 붉게 물들었다.
지우지 말고 그냥 둬야지.
물들은 손을 보며
집사람 마음씨라도 기억하고 싶어서다.
오늘 저녁 또 한 번 들여줘야 하니
내 손에도 흠빡 하니 물들여지겠다.

열반경 涅槃經

집사람이 암 투병 4년이 되어가던 어느 날, 오늘을 넘기기가 힘들다고 하더니 일주일째 살아 숨을 쉬고 있습니다. 주치의가 그 상태에서는 하루를 넘기는 일이 없는데 참 대단하다며 "남편분이 지극 정성으로 보살펴 주기 때문이 아닌가."라며 웃습니다.

간병 4년을 하다 보니 내가 많이 힘들어 보였는지 큰딸이 병원 뒤 안산 숲속에 좋은 숯가마가 있으니 가서 쉬었다 오라고 했습니다. 몇 시간 숯불에 땀을 흠뻑 흘리고는 야외 침상에 벌렁 누워, 푸른 잎새들 사이로 하늘을 보았지요. 파란 하늘에 흰 구름들이 석양빛에 분홍색으로 물들어 흘러가는 모습들, 가질 것도 버릴 것도 없는, 아픔도 슬픔도 없는 저 평화로움이 참으로 아름답다고 느꼈습니다. 지금 이승에 조금 더 머물기 위해 고통을 이기려 애쓰는 집사람 모습을 떠올리면

김한경 시인의 차 한 잔의 행복

서, 이승에 머문다는 게 얼마나 힘든 일인 것을 새삼 깨달으면서, 문득 〈열반경〉을 흥얼거리게 됩니다.

"生從何處來, 死向何處去(생종하처래 사향하처거).
生也一片淨雲起, 死也一片淨雲滅(생야일편정운기, 사야일편정운멸).
淨雲自體本無實, 生死去來亦如然(정운자체본무실, 생사거래역여연)."

"생은 어디서 와서 어디로 가는가.
생이란 한 조각 구름이 만들어지는 것과 같고, 죽음이란 한 조각 구름이 흩어짐과 같은 것.
구름 자체는 본래 실함이 없거늘. 살고 죽는다는 것이 이와 같거늘."

할머니 유언

할머니 가게가 이 자리세요?
"자리는 무슨 자리 아무 대고 앉으면 내 자리지.

한 십오 년 됐어, 딴 사람은 못하게 해.
늙은이 불쌍타고 뭐라는 이 없어."
철따라 나온 맏물들을
서너 소쿠리에 담아 땅바닥에 널어놓은
아흔의 시장 할머니.
"내 아들 하나 있는데 며느리하고 안 맞아.
그래 혼자 이리 살아보니 참으로 편해.
죽는 날까지 이리 살 거야.
장례비도 마련해서 안방 반장에게 맡기고
화장해서 뒷산에 뿌려달라고 유언도 해놨어!
내는 이리 살 거야.
그래 걔네두 편쿠 나도 편쿠
서로가 편해…"

내 사랑 꽃밭에 잠들다

내자가 암 투병 4년이 되던 어느 날 세상을 떠났답니다. 숨 거두기 이삼 일 전, 딸아이에게 간병을 맡기고 집에 내려와 하루 자고, 다음 날 갔는데, 혼수상태에서 밤새 "은배 아빠 은배 아빠"를 찾더라는 딸아이의 말에 가슴이 먹먹해지더군요. 숨은 붙어 있지만 아마도 그때 영혼이 이 한세상 떠날 준비를 하면서 이승에서 마지막 나를 찾은 게 아니었나 생각하니, 눈물이 마구 쏟아져 화장실에 가 문을 잠그고 한참을 울었답니다.

"여느 때 같으면 퇴원하고 옆자리에 앉자 당신 덕분에 살아서 다시 집으로 간다며 눈물을 흘릴 텐데, 오늘은 그 고통스러웠던 육신을 불화로에 훨훨 태우고 뼈 한 줌을 손자 품에 안겨 주고는 아무 말이 없네요. 내게는 4년간 고통의 긴 한숨 소리가 귓전에서 끊이지 않고 찰랑대는구려.

당신 그동안 많이도 힘들었지, 한 달여 입원하고 퇴원하면 열흘도 안 돼 다시 응급실로 입원을 해야 하는 일을 4년이나 반복했으니 얼마나 힘들고 고통스러웠겠소. 나도 너무 힘들어 혹 짜증낸 것 용서하시오. 그리고 나도 남은 생 부끄럽지 않게 살다 갈 테니 그곳에서 다시 만나요."

오늘 밤 유독 밝은 달이 만항제 언덕 위에 떠서 당신이 쉴 자리를 환하게 밝혀주는구려. 아픔의 고통도, 다툼도 미움도 없는 곳에서 사계절 당신이 좋아하던 꽃밭에 누워, 아름드리 낙엽송 바람 맞으며, 낮에는 맑은 하늘에 평화로이 흘러가는 구름이나 헤이고, 밤에는 쏟아지는 달빛과 별빛에 천상의 새소리나 들으며, 이 세상에서 가장 평화로운 영혼으로 편안히 편안이 잠드세요. 50년 지기 내 사랑, 해자 씨 안녕!

명부의 노래

이주홍

와버리면 이렇게 쉬운 걸
괜히 서성댔었지.

김한경 시인의 차 한 잔의 행복

와버리면 이리도 편한 걸

괜히 궁금했었지.

(하략)

겨울 털신

집사람이 살아생전, 함께 서울에 각자 볼 일이 있어서 기차를 타고 청량리역에서 내려 내일 만나기로 하고 헤어졌답니다. 다음 날 만나기로 한 시간에 필자는 일찍 도착해 상품 매장들을 구경하는데 아주 예쁜 반 부츠 겨울 털신들이 진열돼 있어서, 손을 넣어보니 바닥까지 털들이 깔려 있어 아주 따뜻하더군요. 강원도는 눈도 많이 오는데 집사람이 이걸 신으면 참 따듯해서 좋겠다는 생각을 하고는 집으로 왔지요.

딸아이가 차려준 저녁 밥상에서 반주를 하면서 내 털신 이야기를 했더니 그 사람도 털신을 신어 보았는데 참 따뜻한 게 좋더라고 하더군요. 그래 당장 내일 태백에 가면 그런 털신들이 있을 테니 함께 가서 사자고 했지요.

아침에 일어나 그 사람 방에 들어가 보니, 새벽부터 화장을 하고는, 거울을 보며 안 하던 귀걸이를 하고 있더군요. 그

김한경 시인의 차 한 잔의 행복

러면서 "당신은 주렁주렁한 귀걸이가 좋아?" 하며 묻기에 "아니 당신 지금 한 그런 귀걸이가 좋아! 그런데 안 하던 화장에다 귀걸이를 하고 왠일이셔?" 하니 "당신 내 간병 하느라 여간 힘들지 않을 텐데, 내 발시려운 것까지 신경 써주는 당신이 너무 고마워서 밤새 잠 못 자고요, 오늘 함께 태백 가려고 예쁘게 화장을 해봤어요!" 한다.

태백 가서 신을 사고 직접 갈아 만든 순두부를 먹고 오는 길에 그 사람이 다리를 들어 신발을 자꾸 내려다보면서 "여보 고마워. 지금 나 너무 좋아요!"라 하던 그 모습이 아직 눈에 선한데… 당신 떠난 지가 벌써 1년, 신발장 위 털신은 쓸쓸히 앉자 이제나저제나 당신을 기다리고 있나 본데….

어서 와

임자
저승 구경 간 지 1년이 지났어.
이제 그만 와.
식구들 안 보고 싶어?

난 많이 많이

보고 싶은데….

어서 와‥

응!

참새가 된 엄마

지난 1981년. 어머니가 돌아가셔서 경기도 금촌 공원묘지에 뫼시고 떠나려는데 묘지 옆 작은 나무 위에 참새 한 마리가 앉아 있었습니다. 곁에 가도 날아가지 않아 손을 내미니 손 위로 올라오더군요.

사람을 멀리하는 새인데 참으로 이상하고 신기하다 싶어, 영구차 있는 곳까지 내려와 날려 보내고는 집에 왔는데 장독대 앞 연산홍 나뭇가지에서 쩍쩍이며 참새가 반깁니다. 유심히 보니 산소에서 만났던 그 참새인 것 같았습니다. 그래 '아! 어머니 영혼이 참새가 되셨나 보구나' 생각하고는 장독대 위 쟁반에 좁쌀을 담아 먹이가 떨어지지 않게 넉넉히 담아드리곤 하였답니다.

그리고 20년 후 경기도 고양시 아파트로 이사를 하고 얼마 지난 어느 날, 출근하는데 아파트 현관 앞 나뭇가지 위에서 참새 서너 마리가 포르륵 포르륵 반기면서 차 타는 곳까지 따라오더군요. 아 엄마가 내 이사한 곳을 친구들과 찾아다니시다 이제야 나를 찾으셨구나 생각하니 어머니에게 죄송한 마음이 들면서 다음 날부터 베란다에 좁쌀 먹이를 놓아드리니 엄마와 친구분들이 매일 오시어 좁쌀 먹이를 먹으면서 재재대며 저와 함께 지내셨지요.

그리고 2010년 강원도로 이사하면서 엄마 참새를 까맣게 잊고 있었는데 엊그제 아침 베란다 밖, 앙상한 개나리 숲속에서 참새들이 쩍쩍이며 먹이를 찾고 있는 듯했습니다. 가지만 앙상한 저 숲속에 무슨 먹이가 있다고 저러나 하다가, '아! 엄마 참새와 친구분들…'. 너무 죄송해서 눈물이 핑 고이더군요.

어머니는 돌아가신 뒤에도 이 깊은 산속까지 찾아다니시며 우리 가족들을 보살펴 주시는데, 그런 부모의 은혜를 까맣게 잊고 있었으니 참으로 불효막심한 자식이구나 하는 생각이 들면서, 내일 시장에서 좁쌀을 사 오기 전까지 잡수시라 쟁반에 쌀을 놓아드렸답니다.

"저 찾으시느라 힘드셨죠. 죄송합니다. 배 곯지 마시고 건강하세요. 엄마!"

김한경 시인의 차 한 잔의 행복

엄마 생각

오늘같이 이리 추운 밤 엄마는 얼마나 추워하실까.

삼베옷 한 벌 입고 맨땅에 누우셔서

추우니 춥다 하시리 더우니 덥다 하시리.

경기도 파주 야동리에서

이십여 년을 '밀양 박씨 율분 지묘' 비석 하나 세워놓고

허리도 아프시고 다리도 아프시고

팔 남매 어찌 사나 궁금도 하실 텐데….

그래도 형님이 곁에 누워계시니

두 분은 두런두런 말동무가 되셨겠지.

어머니는 살아생전 따뜻했던 사랑을 다시 베푸시고

형님은 그 사랑 속에서 지내고 계시겠지.

나도 이곳을 떠나면

엄마를 다시 만날 수 있을까….

천지가 얼어붙은 이 겨울밤

추위에 꽁꽁 언 엄마의 손을

내 두 손으로 꼬-옥 감싸서는

내 볼에 비벼보고 싶다.

엄마의 기쁨

필자가 강원도로 이사해 살면서부터, 서울의 친구들이나 문인들을 만나기로 하면 그날이 자주 기다려집니다. 만나기로 한 전날 밤에는 아예 잠을 설치면서, 기차 시간 한 시간 전부터 역에 나가 아침밥에 반주도 곁들이고는 기차 안에서 음악을 들으면서 한숨 자곤 한답니다. 그러면 3시간 30분 걸리는 청량리역까지 지루함을 모르고 가게 된답니다. 어린 시절 소풍 가는 전날 밤, 그 설렘과 기다림 같은 것이리라.

팔 남매의 일곱째인 필자는 부모님 집에서 함께 살면서, 부모님 외출 시에는 차 운전을 하며 모시고 다녔습니다. 우리 집은 차가 다니는 길에서 18계단 위에 집이 솟아 있는데, 엄마가 외출 시에는 한 시간 정도 먼저 계단 아래 나오셔서 아범아 빨리 나오라며 동네 사람들 다 들리게 몇 번을 불러 대시는 통에, 동네에서는 우리가 외출하는 것을 보지 않고도 훤히 알고 계시답니다.

그리고 집에서 차로 10분 정도 가면 큰 형님댁인데 소변 보신다고 차를 세우라 하시고, 또는 눈썹을 안 그리고 나왔다고 성냥을 달라고 하시면서 성냥에 불을 그어대신 다음 금방 끄시고는 그 성냥으로 눈썹을 그리신답니다. 그래 차에는 항상 성냥을 준비해두고 다녔지요.

그리고 우리 집에는 손님들이 자주 오시는데 손님이 "아유 할머니는 얼굴도 고우시고 미인이시네, 젊어서는 인기가 대단하셨겠네요!" 하면 아버지만 드리는 반찬까지도 내다 드린답니다. 그러면 손님은 솜씨도 좋다고 칭찬을 하고, 엄마는 신바람이 나 즐거워하셨답니다.

필자도 눈썹이 별로 없어, 얼마 전 엄마 생각을 하면서 그림 연필로 눈썹을 그려 보았더니 그런대로 괜찮아 보이더군요. 팔 남매를 키우시면서 고생도 많이 하셨는데 늘그막에 엄마에게는 그 칭찬들이 유일한 기쁨이자 행복이셨다는 것을 그때는 왜 깨닫지 못했던 것일까요.

엄마가 돌아가신 지 30년이 훌쩍 지난 지금, 살아생전 어머니의 작은 기쁨과 행복을 떠올리면서, 사랑초가 소복이 핀 5월의 창가 앉아서 엄마를 그려본답니다.

엄마 달

햇살도 화사한 봄날 오후
복숭나무 아래 벌렁 누워
흐드러진 꽃잎 사이로
하늘을 본다.
해는 중천인데
서둘러 나온 살빛 낮달
구름 숲을 헤쳐가며 누군가를 찾고 있어….
내가 엄마를 보고 싶어 하는 만큼
엄마도 내가 보고 싶겠지.

딸의 마음

　큰 화분에서 군자란 세 포기가 자라고 있는데, 잎새들만 무성한 게 꽃을 피우지 못해서 화분 두 곳으로 분가를 했답니다. 그런데 작년에 보니 꽃대궁이 유독 짧아 잎새들 사이에 묻혀 작은 꽃몽우리로 질식사하더군요. 그래 이번에는 꽃대궁이 올라오는 것을 보고는 얼른 잎새들을 빨래집게로 벌려 주어 꽃대궁이 올라와 꽃을 피울 수 있게 자리를 확보해 주었더니 서너 송이의 꽃들을 탐스럽게 피웠답니다.

　그래 식구들에게 "군자란 꽃 좀 봐라! 내 집게로 자리를 만들어 주었더니 저리 예쁘게 피웠잖니!" 하니 우리 큰 딸아이가 "잎새들이 얼마나 아파할까 아빠! 저 집게로 아빠 볼을 집어 볼까 얼마나 아픈지!" 그래 내가 "어쩌니 꽃을 피우려면 잎새들이 저 정도의 아픔은 견뎌 내야지!" 했습니다.

　잎새들이 아파한다는 말에, 잎새에게 아픔을 준 것과 꽃을 피우게 한 것 중, 어느 것이 더 나은 일이었을까 하고 고민하는데 문득 장자의 '무위지위無爲之爲: 함이 없는 함' 구절이 떠오르면서, 집게를 사용한 것이 잘못됐다는 것을 깨닫게 되었답니다. 그러면서 딸아이와 있었던 대화가 문득 떠오르더군요.

몇 년 전 성현(딸의 큰아들)이 수영대회에서 금메달도 따고, 성적도 우수상을 받고 또 전체 모범상까지 받았다고 하기에, 내 전화로 "그래 그렇게 착한 아들을 둔 것도 큰 복이다. 네가 엄마 아빠에게 효도하니 그런 복도 받게 되는 거야. 우리 딸은 참 좋겠다. 그런 아들을 두었으니, 그런데 그 착한 아들이 누구를 닮았다고 생각하니?"(할아버지라는 말을 듣고 싶어서) 하고 물으니, 딸아이가 잠시 머뭇대더니 "아빠! 아빠 닮았어요. 아유! 배 아파, 화장실 가야지!"

저는 몇 날을 행복해하면서 메모로 남겨 놓았답니다. 언제고 이 메모들을 보게 되면 행복에 젖게 되기 때문입니다.

이제까지 부모에게 말대꾸나 말에 토씨 하나 단 적이 없이, 나이 오십이 돼가는 우리 딸아이가 너무 착하고, 고맙고, 자랑스럽지요(그래서인지, 딸에게 아들 둘이 있는데 이제까지 엄마에게 말대꾸하는 것을 한 번도 본 적이 없답니다).

저는 메모장에 이런 행복들이 아주 많이 있다 보니 이승에

서는 물론 저승까지 가지고 갈 것이 분명 할 것이고, 그곳에
서도 행복을 모르고, 불행하다는 사람들에게 나누어주었으면
좋겠다는 생각을 해보게 된답니다. 아픔이나 불행은 나눌수
록 적어지고, 기쁨이나 행복은 나눌수록 커진다고 하는데….

겨울 햇살

유리문을 통해

고즈넉이 들어 와 앉은

겨울 햇살

하도 당량해

양말을 벗고 맨발을

햇살 속에 살며시 담가보니

따뜻하고 포근함이 엄마 품속이다.

그러니 이 한겨울

보라색 사랑초가

꽃들을 흐드러지게 피우고는

수줍어라 방실방실 웃고들 있지.

간장게장

서울에 살 때, 4월이 되면 내자와 함께 인천 소래포구에 가서 몸통이 어른 손바닥만 하고 알이 꽉 찬 싱싱한 꽃게를 사다가 맨입에 먹어도 괜찮을 정도로 심심하게 간장게장을 담아 먹곤 했답니다. 그 맛이야 환상이었지요.

이곳 강원도에 와서는 내자가 투병 생활을 하다 보니 게장 담그는 일은 언감생심이지요. 그래 이곳에 간장게장을 파는 식당이 있어 얼마 전 찾았는데, 10살짜리 아이들 주먹만 한 게의 몸통을 반으로 잘라서 담근 것입니다. 주인이 후하게도 많이 주어 2/3는 남아서 포장을 해 가지고 와 집에서 먹는데 몸통은 집사람이 먹고 다리는 제가 먹었답니다. 집사람이 저더러 자꾸 몸통을 먹으라고 안쓰러워 하며는, 저는 그때마다 나는 몸통 살보다 다리 살이 더 맛있다고 하면서 두 끼를 먹었답니다.

김한경 시인의 차 한 잔의 행복

그러면서 문득 큰 딸아이 일이 생각나더군요. 서울 시절 게장을 담아 먹으면 중학생이던 큰딸아이는 자기는 게장을 싫어한다면서 안 먹었답니다. 딸아이가 결혼을 하고, 애기엄마가 된 어느 날, 외식을 하는데 우리는 게장인데 넌 무엇을 먹겠느냐고 하니 자기도 게장을 먹겠다고 하기에, 너 게장 싫어한다면서 하니, 나도 게장 좋아해요 하더군요.

그 당시, 딸아이의 효심에 얼마나 크게 감격을 했는지… 지금도 게장만 보면 큰딸아이 마음씨가 떠올라 가슴이 짠해진답니다.

햇볕 사랑

거실 창으로
고즈넉이 들어와 앉은
겨울 햇살

하도 당량해
맨발을 담가보니

따듯하고 포근함이
엄마 품속이다.

그러니 이 깊은 겨울
사랑초가 보라색 꽃들을
소복이 피워놓고는
햇살에게 고맙다
방실방실 웃고 있지.

손자가 안겨준 감동

큰 손자, 성현이가 모 체육고등학교에 입학, 기숙사 생활
을 하는데 그해 가을 외출을 나오면서 새 운동화를 사가지고
와 지 엄마에게 신겨주고, 내게는 오리털 조끼를 입혀주더군
요. 사연인즉 전국체전에서 우승을 해 학교에서 보너스가 나
왔는데 친구들은 시내 나가서 맛있는 거 사 먹고 놀자고 하는
데, 자신은 그런 유혹을 뿌리치고 세상에서 가장 사랑하는 사
람 운동화를 사야겠다고 마음먹고 운동화를 샀답니다.

그러고 나니 할아버지가 마음에 걸려 학교에서 지급된 오
리털 조끼를 안 입고 보관해둔 것을 가지고 와서 내게 준 것
이라고 하더군요. 나는 내 방으로 가 성현이의 착한 마음씨에
그만 눈물을 흘렸답니다. 그리고 저녁 밥상에서 "우리 성현이
의 착한 효심이 평생 가기를 바라며 우리 모두 박수를 짝 짝
짝!" 쳤답니다.

고등학교 3학년이 되어서는 어느 날 지방을 간다고 하길래 무슨 대회가 있어서 가느냐고 물으니 국가대표로 선발되어 합숙 훈련 간다고 해서 국가대표가 된 것도 알게 되었답니다. 추석에 외박을 나오면서 이거 할아버지 상장이라며 내게 주기에 열어보니 '모범상'이더군요. 그래 내가 "이것은 공부를 잘해서 받는 우등상보다 더 값진 소중한 상이란다. 그래 상비군 훈련, 팀 주장에 학년 반장(실장)까지, 많이 힘들 텐데 모범상까지 받았어?" 하니 성현이 하는 말이 "할아버지에게서 보고 배운 것이니 할아버지 상이에요!" 하더군요. "그래 고맙구나! 내게 주는 상을 네 이름으로 받아오느라 수고 많이 했으니 저녁에 짜장면 사줄까?" 하니 "아뇨 치킨 먹고 싶어요!" 합니다.

초등학교와 중학교에서도 대회에 나가 메달을 따면 학교 정문에 우승 현수막이 자주 붙는데 한 번도 자랑을 해본 적이 없었답니다. 중학교 3학년 때 일이랍니다. 겨울 방학식 날 담임선생님이 성현이에게만 책을 선물했더래요. 그래 어멈이 고맙다고 전화를 하니 담임선생님께서 "성현이가 운동도 공부도 잘하지만, 행실이 바르고 마음씨가 착해서 많은 학생들에게 귀감이 되어, 그 고마움에 제 마음의 선물이라"고 하시

김한경 시인의 차 한 잔의 행복

드래요.

그래 내가 어멈에게 "착한 아들을 두어서 얼마나 좋으셔, 키운 보람을 느끼지! 그래 성현이가 누구를 닮았다고 생각을 하셔?" 물으니 잠시 머뭇거리더니 "아빠 닮았어요! 아유 배 아파 화장실 가야지!"

내가 얼마나 흐뭇한지 얼마나 행복했던지! 요놈의 행복을 어디 도망가지 못하게 내 책상 위에 꽁꽁 묶어 놔야지, 가슴에 오래오래 간직해야지 했답니다.

있음만도 다행이야!

멀리건 가까이건 있음만도 다행이야!
마주 보고 있을 때면 맑은 눈에 몸 헹구고
옆자리에 있을 때야 어깨 위에 머리 얹지.
뒷자리에 있을 때면 등 맞대고 팔짱 끼지.
멀리고 가까이고 있음만도 다행이야!
마음 곁에 있으면야 천 리 길도 지척인걸.
언제쯤에 보게 될까?

기다림에 설레는 가슴
콩닥이며 사는 게지.

미국 손자 이야기

지난봄 미국에 갔을 때 6살 된 외손자 이야기입니다. 내가 이름을 지어준 주원이는 2년 차 유치원생으로, 얼굴은 땅콩처럼 작고 여자아이처럼 예쁜데, 산수는 제일 잘하고, 축구·수영·미술 등에도 뛰어난 재능을 가졌으며, 식탐이나 변덕, 샘 부리는 것은 유독 특별나답니다.

학교에서 돌아올 때 음식을 만들고 있으면 "아! 냄새 좋다." 하면서 가방을 멘 채로 춤을 추고, 지 몫은 앞에 놔두고, 내 것을 요리조리 빼앗아 먹고는 자기 몫은 배부르다며 남기고 맙니다. 길을 가다가 미국 여자아이를 보고 "아유 인형같이 예쁘다."고 하면 눈을 흘기면서 삐져, "아냐 주원이가 더 예뻐." 하면 금시 풀어지고요. 옆집에 예슬이라는 5살짜리 여자아이가 오빠라며 놀러 오는데, "오빠는 금방 좋아했다 금방 미워했다 해!"라며 삐져서 가곤 한답니다.

아빠 친구가 주원에게 선물한 시추 2년생 '똘이'라는 강아지가 있는데, 낮에는 항상 혼자 있다가 내가 가서 함께 있어 주면서 간식도 주곤 했답니다. 그러자 어디건 간에 한시도 떨어져 있지 않고, 밤에도 옆자리에서 나를 바라보고 자다가 내가 눈을 뜨면 함께 눈을 뜬답니다.

'똘이'가 손 내미는 것을 못해, 내가 "손! 손!" 하고 가르치면, 주원이가 엎드려 기어와 자기 손을 내 손 위에 얹는답니다. 밤이면 자장가를 불러주며 주원이를 재우곤 하는데, 똘이도 샘을 부리면서, 그 사이를 파고들어 내쫓기고 하다 보니, 주원이가 학교를 가느라 현관문을 나가고 나면 미친 듯이 달려와 내 배 위로 홀랑 올라와 논답니다.

지애비가 "주원이 식탐과 변덕은 누구 닮았어?" 물으면 잠시 생각하다 "할아버지!" 하고, 너무 깔깔대고 웃다가 가끔 똥을 지리는데 그것도 할아버지가 너무 웃겨서 그랬다고 내 탓으로 돌린답니다. 아침 방구가 지독해서 "아유 독해. 아범한테 방독면 사 오라고 해야겠다."고 하면 "아유는 무슨 아유 조금 참으면 되지." 합니다. 그리고 우린 둘만의 약속이 있었답니다. 주원이가 밤에 오줌을 못 가려 기저귀를 차고 자는데 어느 누구에게도 말하지 않기로 한 비밀이랍니다.

김한경 시인의 차 한 잔의 행복

하늘에 비행기만 보면, 할아버지 언제 오느냐고 묻는다는데, 나는 주원이 언제 보느냐고 누구에게 물을까….

주원아 할아버지가 보고 싶을 때면 밤하늘 별들을 바라보거라. 할아버지도 바라보고 있을 테니. 그럼 우리 같은 하늘 아래서 서로 바라보고 있음이 아니겠니? 주원아! 너를 보고 싶어 하는 할아버지는 밤마다 반짝이는 별을 세며, 이 긴- 보고픔을 달래곤 한단다. "주원이 별 하나, 별 둘, 내 별 하나 내 별 둘…."

인연

전생에 무슨 인연이었기에
이생에서 손자로 만나
늦사랑에 폭 빠져
세월 가는 줄 모르다.

때가 되어
헤어지게 되면

우리

어느 하늘 아래

그 무엇이 되어

다시 만날 수 있을까….

네 창가엔

구만 리 하늘이 솟고

내 창가엔

지금

황혼이 깃드는데.

손자와의 대화

지난 5월 어린이날이 일요일이라 대체 공휴 연휴로, 직장 생활을 하고 있는 큰손자가 오랜만에 집에 왔답니다. 밤 10시가 넘어서 도착해 손자와 늦은 저녁을 먹고 있는데, 손자가 갑자기 손을 내밀며 새끼손가락을 걸고 약속을 하자는 거예요.

그러면서 하는 말이 "제가 10년 안에 결혼을 해 자식을 낳을 계획이니 그때까지 건강하게 살아 계셔서 꼭 증손자를 보겠다."고 약속을 해달라는 거예요. 아니 그게 마음대로 되는 일이냐고 하니, 증손자를 꼭 보겠다는 의지를 가지셔야 오래 사실 수 있고, 현재 할아버지 건강상태로는 충분하다고 하는군요.

그리고 다음 날 할머니가 누워계신 만항제 야생화 꽃밭을 찾았는데 그곳에서 손자가 저에게 또 묻는 거예요. 할아버지가 돌아가시면 화장을 해서 할머니 계신 곳에 함께 뿌려드리는 것이 좋은지 아니면 산소에 모시는 게 좋은지 말씀을 해달라고 하더군요. 제가 알아야, 할아버지가 원하시는 대로 제가 모신다고 하면서 말입니다.

그리고 둘이서 온천에 가서 온천욕을 하는데 만감이 교체하더군요. 나도 이제 죽음을 예비해야 한다는 생각과 손자가 사후 장례를 걱정하며 내 생각을 묻는다는 것이, 한편 서글프기도 하고, 한편 고마운 생각이 들면서, 서너 시간 온천욕을 하면서 손자의 어린 시절이 주마등처럼 지나가더군요.

초등학교 1학년 때 여름방학을 한 다음 날 할아버지가 보고 싶다고 고속버스만 태워달라고 지 엄마를 졸라, 겁도 많은데 혼자서 서너 시간 버스 타고 내게 온 일, 수영훈련이 끝나고 집에 가는데 저녁노을이 예뻐, 문득 할아버지가 보고 싶어 한참을 울었다는 등, 아주 많은 일들을 돌아보면 손에 잡힐 듯 엊그제 일 같은데 이제 할아버지의 사후를 걱정 할 만큼 큰 것을 생각하니, 나도 많이 살았구나 하는 생각이 들면서, 이제 얼마 남지 않은 세월, 어찌 살아야, 손자들에게 부끄럼 없는 삶을 살다 가는 것인지에 대해 깊이 고민해보게 되는 그런 시간을 갖게 되었답니다.

김한경 시인의 차 한 잔의 행복

손자 마음

초등학교 5학년
수영선수 우리 손자
겨울 방학 때
학원이다 훈련이다 못 오고는
설에 봄 방학이 겹쳐 며칠 다니러 온단다.
신바람 난 할멈이
"우리 성현이 오면 맛있는 거 뭐 해줄까?"
"생각 좀 해보고 전화할게요."
잠시 후 "할머니, 할아버지가 술안주로 제일 좋아하시는
거!"
할멈이 혼자 중얼거린다.
"조녀석 할멈은 안중에도 없어."

적응과 복종

큰 손자가 대학을 졸업하고 군에 입대하였지요. 그리고 군 입대 4개월 후 특수부대를 지원, 3개월 훈련인데 1개월 받고는 무릎에 이상이 생겨 그만 퇴소하였답니다. 그런데 원대 복귀한 부대 내 환경에 적응하기가 힘든 모양이더군요. 사연을 물으니 나이도 어린것들이 상급자라는 이유만으로 많이도 불편하게 한다는군요. 손자가 수영 국가대표 출신에 나이가 두세 살 많은 것. 그리고 특수부대 퇴소 등이 상급자들 눈에는 못마땅한 원인으로 작용할 수도 있겠죠.

필자는 특수부대 훈련 동안 계속 걱정을 했는데, 그곳을 나와 한시름 덜었다 싶었는데, 또 다시 다른 걱정이 생겼답니다. 고된 훈련으로 숯 검둥이가 돼 4일간 외출 나온 손자와 둘이서 목욕탕에 갔답니다. 그리고 함께 탕 속에 몸을 담그고는, 내가 먼저 입을 열었지요.

"군대 생활이란, 계급이라는 특수한 명령 계통의 집단인데, 그런 환경에 순응하고 적응하는 훈련과정이라는 생각을 갖는 것과 또 하나는 무조건 복종이란 굴욕적인 감정을 갖게 되는 것이란다. 그런데 그 특수한 환경에 순응하고 적응하는 것도 하나의 극기 훈련이지.

그리고 그 훈련은 누구를 위한 것이 아니라 자신을 위한 훈련이란다. 그래 제대를 하고는 평생 사회생활을 하게 될 터인데, 그 사회생활도 군 생활과 별반 다르지가 않단다. 나이와 상관없이 직책, 직위 등에 순응해야 하니까. 그러니 네가 앞으로 사회생활을 하는데, 순조롭게 적응하기 위한 극기 훈련이다 생각하면 어려울 것이 별반 없을 것이라 생각된단다.

초등학교부터 대학까지 국가대표가 되기 위해 얼마나 고되고 힘든 훈련을 견디어 왔니. 그러니 군 생활하는 동안도, 앞으로 사회생활에 적응하기 위한 훈련과정이란 생각을 항상 염두에 두면 좋겠다는 생각이란다."

내 말을 신중하게 듣던 손자가 "할아버지 말씀대로 노력할게요." 하더군요. 집으로 와서 저녁에 소주 한 잔 곁들이니 걱정이 조금은 가벼워졌답니다.

행복이 물어

뭘 그리 찾겠다고
평생 밖으로만 나도나 몰라.
이제나 저제나
보듬어줄까 해
당신 눈앞에서 알짱대는
나(행복) 어때!

생채기

필자 가족은 팔 남매에 제가 일곱째이고 네 살 차이인 남동생이 막내입니다. 제가 막내로 귀염받다가 어느 날 느닷없이 머리가 나보다 더 큰 아이가 나타나서 막내라고 귀여움을 독차지하니, 어린 나이에 동생이 귀엽기보다는 미움이(아마도 그것이 제 심술의 원천이 아닌가) 더 한 것 같았습니다.

제가 초등학교에 입학했는데 엄마는 막내만 젖을 주고 저는 주지 않아 내 삐져서 학교를 가지 않아, 장기 결석으로 휴학을 하고, 다음 해에 다시 입학을 해, 같이 입학했던 친구가 평생 1년 선배가 되었답니다.

우리 집 대문 앞에 바로 아랫집이 있는데 돌로 쌓은 축대 높이가 6m쯤 되고 예쁜 구기자 덩굴이 많이 있었습니다. 그 앞에 앉아있는 막내를 겁을 주려 미는 시늉을 한다는 게, 그만 밀어서 떨어졌는데(막내는 지금까지도 겁주려는 게 아니라고 믿고 있음), 다행히 구기자 덩굴과 굴뚝에 부딪쳐 찰과상만 입었지요. 그때 만약 잘못됐다면 생각만 해도 끔찍한 일이었지요. 그러니 동생도 제가 얼마나 미웠겠어요.

대문 안 장독대가 있는데 내 키보다 더 큰 장독이 서너 개가 있는데 그중 한 독에 콩가루가 항상 들어 있었습니다(콩가루를 밥에 비벼 주먹만 하게 만들어 들고 다니면서 먹으면 아주 맛있음). 그 콩가루를 몰래 꺼내려고 하다가 독이 깊어 몸은 거의 다 독 안으로 거꾸로 들어가 있고 밖에 발만 있는데, 막내가 발을 톡 밀었습니다. 독 속에 빠져 "나 죽는다." 소리를 지르니 식구들이 독을 눕혀서 꺼내, 내 작대기를 들고 동생을 잡으려고 쫓아가다가 샘물가 돌에 걸려 넘어지면서 코피 터지고 무릎 깨지고….

엄마는 일 년에 한두 번 정도 화덕에 고기를 구우시면, 형제들은 접시 하나씩을 들고 나이순으로 서서 한 점씩 받아먹고는 다시 줄을 서서 기다렸습니다. 줄은 길고, 고기는 더디 익고 그래 고기를 빨아가면서 기다렸지요. 내 바로 앞자리가 두 살 위인 누이고 뒤에는 막내인데 누이 앞을 새치기하다 누이 손톱에 얼굴을 할퀴어, 제 얼굴에 생채기가 많았답니다. 그리고 방 하나에 이불 하나로 부챗살 잠을 자다 내가 오줌을 싸 집단으로 맞기도 했지요.

헌데 지금은 부모님과 형님 둘은 떠나시고 누나 셋에 막내 동생은 미국에서 이민살이 하니 보고 싶은 형제들을 자주 볼 수가 없지만, 그래도 보고 싶은 형제들이 아직 살아계시다는 것만도 다행이다 위안하고 보고파 하며 살아가고 있답니다.

생채기

일 년에 한두 번씩 엄마는 부엌 화덕에 고기를 구우신다.
우리 팔 남매는 접시 하나씩 들고 나이순으로 줄을 서서
고기 한 점씩 받고는 다시 줄을 서고
고기는 더디 익고 줄은 길고
입속의 고기를 빨아가며 차례를 기다렸지.
팔 남매 중 일곱째인 나는
막내 남동생과 두 살 위인 누나, 그 사이가 내 자리인데
누나 앞을 새치기하려다
누이 손톱에 할퀴어 생긴 얼굴의 생채기
나이 육십이 지나서도 그 생채기가 몇 군데 남아 있는 듯

하다.

그래 그 생채기가 지워지지 않고 오래오래 있어주면 좋겠다.

부모님에 형님 둘은 떠나시고

누이 셋에 막내는 미국 이민 살고

나도 이제 떠날 날이 가까워지고….

거울 앞에서 그 생채기를 볼 때마다

봄 안개처럼 피워 오르는 어린 시절

아련한 추억들에 부모 형제들이 울컥울컥 보고 싶어진다.

보고 싶어 울컥이는 마음이라도

오래오래 간직하고 싶어서다.

형수님의 마음씨

신촌 세브란스 병원에서 차로 10여 분 거리에 살고 계시는 큰형수님, 팔 남매 집안에 23살 나이로 제일 큰형님에게 시집을 와서 지금 82세이니 우리 집안에서 60년을 사신 형수님이시지요. 큰형님은 10년 전 병환으로 돌아가시고 아들 둘에 딸하나인 세 자매를 두고 계신데, 다들 출가하고 혼자 사시는데 어쩌다 서울병원에 가서 하루이틀 머물게 될 때는 꼭 집에 와서 자게 하시면서 동서인 제 집사람과 저를 극진히 챙겨주신답니다.

지난 6월 19일은 병원을 갔다가 미국의 딸이 엄마 보러 온다고 인천공항 도착이 그다음 날이라 하루 머물다가 인천공항으로 마중을 나가려고 하는데 집으로 와서 자라고 성화를 하시어서 갔습니다. 그런데 오른쪽 팔목 뼈가 부러져 깁스를 하고 계시면서도, 이웃분들이 반찬을 만들어오고, 목욕도 시켜주고 손톱 발톱도 깎아주신다고 합니다.

밥은 전기밥솥이 해주니 내가 할 게 아무것도 없다면서 밥 상을 차려 주시는데, 찬들이 십여 가지가 넘고 내가 좋아하는 토속 찬들이어서 밥을 두 공기나 먹었습니다. 밥 먹은 설거지 를 내가 하니 형수님이, "아니 칠십이 넘은 도련님이 설거지 를 하시니 어찌 이런 일을 보게 되냐"고 해서 함께 웃었답니 다. 저는 설거지를 하면서 큰형님이 왜 백부伯父이신지를 새 삼 깨닫게 되면서, 형수님의 고마움에 눈물이 흘러내리기도 하였답니다.

그래 우리는 암 투병 중에도 큰형수님의 그 고마운 마음씨 를 생각하면서 감격의 눈물을 자주 흘리기도 한답니다. 그리 고 중환자가 되고 보니 가족들과 이웃들에 대한 평가도 새로 워짐을 깨닫게 되기도 하면서 말입니다.

칠반생七半生

내야 평생 바라봄도 모자라고 부족해
눈 깜박임마저 멈추고 있구만

당신은 여기저기 한눈파시랴 정신이 없어.

내는 다음 생애

다시 만날까 해

칠반생을 꿈꾸는데.

편지

　남동생이 한국에서, 좋은 직장에 사표를 내고, 1990년 그러니까 28년 전 부인과 중학교를 졸업한 남매를 데리고 미국으로 이민을 갔답니다. 지금은 그 남매가 40대 중반인데 아들아이는 치과의사이고, 딸아이는 그림을 전공, 자그마한 개인 사업을 하고 있고 남편은 내과의사랍니다.

　제수씨는 아이들을 훌륭하게 키우면서, 13년 전 암 선고를 받고 투병 생활을 계속해왔답니다. 제가 얼마 전 미국에 갔을 때 제수씨는 아프지만 않으면 큰아버님을 모시고 미국 여러 곳을 여행시켜 드려야 하는데 그렇지 못해서 죄송하다고 몇 번을 되풀이하는지 오히려 우리가 미안할 정도였답니다.

　그런데 제수씨는 암으로 인한 통증을 견딜 수가 없어 결국 죽음을 선택하였답니다. 그래 죽음을 선택하기 며칠 전 제가 제수씨에게 편지를 띄웠답니다.

　　　　　　　김한경 시인의 차 한 잔의 행복

존경하는 사람에게

제수씨! 내세울 것 하나 없는 제 동생을 남편으로 선택해주시고 현모양처로 두 남매를 훌륭하게 키워주신 노고에 깊이 감사드립니다. 그리고 큰아버지로서 아무것도 해드릴 수 없다는 것이 참으로 마음 아프기도 하고요. 항상 마음속 깊이 간직하고 있던 그 고마움을 이제는 편지로나마 꼭 전해 드려야겠기에 몇 자 띄웁니다. 상희씨는 참 훌륭하신 지어미이시고, 저의 제수씨였습니다. 부디 돈독하신 신앙심으로 기적이 일구어지기를 두 손 모아 기원합니다.

2018년 6월 4일 한국에서 큰아버지 올림

제수씨는 13년간 암 투병하면서, 견디기 힘든 고통스러움을 혼자 이겨내며, 남편에게 짜증 한 번을 부려본 적이 없었다고 합니다. 그리고 떠나기 전 엄지손을 치켜세우면, "당신은 가장 훌륭한 남편이었다." 하고는 떠났답니다.

행복한 일

미워하다 죽는 일
죽어서도 미움받는 일
사랑하다 죽는 일
죽어서도 사랑받는 일
사랑의 연緣으로
다시 태어나는 일
사랑한다는 일
살아서도 죽어서도
행복한 일.

김한경 시인의 차 한 잔의 행복

업보 씻기

필자의 내자가 암 투병으로 제가 간병할 때 이야기입니다. 초등학교 동창이 "집사람 간병하기 힘든데 내가 해줄 게 별로 없네, 동동주나 보내니 차게 해서 한 잔씩 마시라."며 '찹쌀 동동주' 한 상자를 보내주었답니다. 요즈음 소주가 좀 독하다 싶어 막걸리를 자주 마시는데, 어떻게 텔레파시가 통했는지, 고맙기 그지없더군요.

그래 김치 냉장고에 넣고는 맑게 뜬 윗술을 따라 마시면 청주고 흔들어 마시면 동동주가 된답니다. 하루에도 몇 번씩 따라 마시면서, 육십 년 지기 친구의 고마운 마음을 마시니, 그래서인지 더욱더 맛이 나더군요.

그리고 부산에 사는 처제가 생선과 반건조 오징어를 보내주었는데 오징어가 약간 간간해서 물에 담갔다가 건져서 베란다 빨래걸이에 널어놓고는 거실에 누워서 바라보고 있었습니다. 넓고 푸른 바다에서 노닐다 무슨 인연으로 우리 집까지 와 빨랫줄에 걸려서 흔들거리며 춤을 추고 있는 것을 보니, 저 오징어에 차가운 동동주 한 잔을 생각하니 오감이 즐거워지면서 간병으로 지친 육신이 금세 기운이 솟는 듯하더군요.

그리고 큰 기업에서 이사를 지냈던 동창은 제게 "간병 하느라 힘들겠지만, 자신도 모르게 지은 업보를 씻고 있는 것이다. 그리 생각하라"며 위로도 하더군요. 사람이 살아가면서 고마운 이웃들과 가족들 덕분에 이리 힘든 여건을 견딜 수 있다는 것을 새삼 깨닫게 되면서, 힘든 어깨가 많이 가벼워지기도 했답니다.

함수 관계

사랑은
고통을 견디게 하고
고통은 사랑을
성숙하게 한다.

김한경 시인의 차 한 잔의 행복

친구의 마음

서울에 아주 오래전부터 같은 마을에서 함께, 운동을 하며 수십 년을 가깝게 지내온 선·후배와 친구들이 있지요. 그런데 그중 음력으로 생일이 같은 달인 몇 친구가 있는데 내가 서울을 떠나 있으니, 오랜만에 그들과 함께 모여 생일 자축주를 건배하곤 한답니다.

내가 멀리 있다 보니 지난해 생일은 한 달 지난 뒤 모였답니다. 허름한 대폿집에서 대여섯 명이 둘러앉았지요. 그중 은행팀에서 축구선수 생활을 하고 정년퇴직한 동갑내기 친구가 하는 말이 다음과 같았습니다.

"나 이번 생일을 크게 했어! 생일날 식구들과 식사를 하고 남대문을 갔다가 오는데, 직진 차선에 차가 어찌 많이 밀려 있는지 몰라, 그래 옆 좌회전 차선을 보니 텅텅 비어 있는 거야, 그래 차선을 바꾸다가 뒤에서 오는 차에 부딪치고 말았어. 모든 게 내 잘못이지. 그런데 상대 차 운전자가 차에서 내려 내게 오는데, 젊은 사람이 허리를 굽혀 인사하면서 '어르신 어디 다치신 데는 없으세요?' 하는 거야 요즈음 그런 젊은이가 어디 있어. 노인네가 운전을 이따위로 하냐며 마구 투덜대고 쌍소리도 할 텐데 말이지! 함께 정비소로 가니 아무리 내가 잘못해서 사고가 났다고 해도 상대도 20%의 책임이 있다는군. 그 젊은이가 하는 말투며 행동이 하도 착해서 20%도 내가 부담하기로 하고 사고를 마무리했어!"

우리는 다 같이 아주 잘한 일이라며 박수를 쳐 주고, 또 쳐 주며 생일 자축주를 마셨답니다. 친구의 착한 마음씨 때문인지 그날은 술도 안 취하더군요. 다음 날 제가 강원도로 오는 차 안에서 '어제 덕분에 즐거웠네. 고마워 다시 만날 때까지 안녕!'이라고 어제 모였던 친구와 후배들에게 문자를 보내고는 버스 안에서 내내 행복에 잠겨서 구름을 타고 하늘을 나는 기분으로 집에 왔답니다.

내게 저런 마음씨 착한 친구와 후배들이 곁에 있다는 것이 너무도 고맙고 감사한 일이라서, 3시간여 걸리는 버스인데 시간 가는 줄 모르고 왔지요. 행복은 자신이 찾아 즐겨야만 하는, 그래야만 자주 행복을 누릴 수 있다는 것을 다시 한 번 깨닫게 되었답니다.

나에게 물어

밝아오는 새 아침
어제 떠난 이들이
그토록 갈망했을 오늘
내게 이 아침을
맞이할 수 있게 해주신
은혜로움과 고마움에
내가 내게 조용히 묻는다.
햇살도 어제만 하고
바람도 어제만 하니
몸도 마음도 어제만 하구려
당신
오늘도 넉넉하시지….

짧은 만남 긴 이별

　중·고등학교 시절 절친하게 지내던 친구가 나이 서른에 결혼한 부인과 함께 미국 이민을 갔답니다. 남들은 이민을 가도 자주 오건만, 이 친구는 15년이 지나서야 다녀갔답니다.

　제가 작년에 LA에 살고 있는 딸에게 여행을 갔습니다. 그 친구는 샌프란시스코에 살면서 서점을 운영하다 정리하고, 교회에서 성가대를 지도하고 있고, 부인은 직장 생활을 하고 있습니다. 그런데 우리가 왔다는 소식에 부인은 일주일 휴가를 내서 8시간여 걸리는 거리를 차를 몰고 와서 우리를 데려가 2박을 하면서 그곳을 관광시켜 주었습니다. 올 때는 다른 차편을 이용하겠다고 하니 펄쩍 뛰면서 다시 데려다주고, 우리가 떠나오기 전 토요일 와서 일요일 가기를 두 번이나 했지요. 우리는 8시간 거리의 차 안에서 옛날얘기를 하면서 얼마나 깔깔대고 웃었는지 지루한지를 몰랐답니다.

　　　　　　　　　　김한경 시인의 차 한 잔의 행복

부인 직장에서 남편 친구가 왔는데 일주일 휴가를 낸다는 것이 미국에서는 흔한 일이 아니라며 다들 놀라워 하더랍니다. 한국에 돌아와서 생각해보니 참 좋은 친구에 좋은 부인이라는 것을 새삼 깨닫게 되더군요. 그 친구와 학창시절 몇 년을 함께 기타 보컬 그룹을 만들어 음악을 하면서 서로에게 기분 상하는 일이 한 번도 없는 그런 사이였답니다.

고등학교 때 그 친구와 둘이서 서울 마포강에 보트를 타고 발전소 앞 동쪽으로 내려갔습니다. 올라올 때 물살을 거슬러서인지 친구 보트는 잘 나가는 것 같은데 내 보트는 안 나가는 거예요. 그래 친구에게 보트를 바꿔 타자고 하니 조금 망설이는 듯하다가 그러자고 해 서로 조심조심 바꾸었는데, 사실 강 한가운데서는 극히 위험한 일이라 금기사항이랍니다. 몇 달 후에 안 일이지만 자기는 태어나서 그런 위험한 일은 처음이고 더구나 수영을 전혀 못 해, 집에 와서 몇 날을 앓아 누웠다고 하더군요.

LA에서 친구 집에 갈 때인지 올 때인지 내 오십 년 감추었던 내 감정을 고백하였지요. "내 모든 것을 주고도 아깝지 않아 또 주고 싶은 그런 마음이었다."고 하니, 친구 부인이 "아니 이 사람도 오래전 그런 말을 하던데요." 하더군요. 친구 역시

나처럼 오래전 부인에게 고백을 했나봅니다.

저는 가끔 기도한답니다. 이승을 떠나 저승에서도 저 친구를 꼭 만나게 해, 내 보고픔이 다 소진돼 보지 않고도 살 수 있을 때까지만 보게 해달라고 말입니다.

짧은 만남 긴 이별

아침에 만난 얼굴
저녁이면 지워지고
어제 우리 약속을
오늘 서로 잊고 살지
잦은 만남
익숙해진 이별에
무디어진 가슴으로
무덤덤히 사는 세상
보고 싶은 사람
평생 아니 보고도
살 수 있는 세상에서

김한경 시인의 차 한 잔의 행복

그대야

짧은 아쉬움으로 가지만

내게는

긴-

기다림으로 남아.

사과할 길이 없어

초등학교 저학년 시절, 선생님들은 화장실도 안 가는 줄 알았습니다. 필자는 지금의 서울 서대문구 홍은동에 있는 홍제초등학교를 다녔는데, 학교 뒤쪽은 자하문 밖 또는 세검정이라고 불렀답니다. 산 쪽은 능금나무가 많이 있었고, 아래 계곡 개울은 바닥이 너럭바위로 깔려 있어 맑은 물에 미끄럼타기가 아주 좋은 곳이랍니다.

그 시절 형편이 형편인지라 노팬티에 집에서 만든 옥양목 반바지에 찢어진 검정 고무신을 흰 실로 꿰매 신는 패션이 유행일 때입니다. 학교가 끝나고 친구들과 그곳에 가서 몰래 능금을 따먹고 개울에서 미끄럼타고 놀기를 자주 했지요. 그래 능금 따다가 주인에게 붙잡혀 혼도 나고 개울에서 다이빙하면 반바지가 홀랑 벗겨져(검정 고무줄이 탄력이 없어) 물속에서 올려 입기도 했지요. 미끄럼을 즐기다가 바지에 구멍이라도 나면 팬티 겸 바지다 보니 엉덩이 살이 다 보여, 찢어진 곳을 손으로 감싸고는 집까지 가기도 했답니다.

학교에서 집까지는 한 시간이 조금 안 걸리는 거리에, 꽤 너른 개울을 건너야 했습니다. 그 당시 형편이 어려워 도시락을 싸 오지 못하는 아이들이 한 반에 절반 정도일 때, 저희는 형편이 좀 나은 편이었습니다.

당시 새끼손가락만 한, 아주 유명한 사탕 '누가'를 깨물어 2/3는 내가 먹고 나머지를 주거나 누룽지를 조금 떼어주면 내 책보를 들어주고 개울을 업어서 건네주는 친구가 있었습니다. 오이밭을 지날 때도 내 고무신 한 짝을 밭으로 던지면 신발을 주워오는 척하며 오이 하나를 슬쩍 따오면 그것도 내가 2/3고 나머지는 친구 몫이었지요. 그리고 어쩌다 운동화가 생기게 되면 방이며 마루며 신고 뛰어다니고, 머리맡에 놓고 잠자다가 잠결에 손으로 더듬어 여러 번 만져보곤 했답니다.

얼마 전 동문 카페에 그 당시 풍경들을 올려놔서 봤더니 그 시절이 떠올랐습니다. 그래도 그 당시가 즐거웠다는 생각을 하면서 이 글을 쓰는데, 사탕과 누룽지를 그 친구에게 2/3를 주고 내가 3/1을 먹었으면 참 좋았을 텐데 하는 후회스러움이 듭니다. 그 친구의 생사를 모르니 잘못을 사과할 길이 없어 미안할 따름입니다.

마음먹기 세월인 걸

우리 어린 시절도
저절로 생각나면 어제쯤 일이고
억지 생각하려 하면 오랜 옛날 일이지.
그래 오십 년 세월이
어제도 되고 옛날도 되는 것에
걱정할 게 뭐 있어.
오십을 살고도 백 년을 산 것처럼
백 년을 살고도 오십을 산 것처럼
죽고 사는 시간도
마음먹기 세월인 걸
빠른 세월 느린 세월
탓할 일이 무엇인고.

연필 두 자루

태백에서 정선으로 가는 길가에 흐드러지게 피었던 작은 해바라기(원추천인국. 루드베키아)꽃들이 고개를 숙이니, 기다리기라도 했듯이 달맞이꽃들이 서로 키 재기하며 노란 꽃망울을 촘촘히 매달고는 달님을 기다리고 있고, 함백산 만항제로 오르는 길가엔 개미취들이 보라색 꽃으로 온통 물들이더니 한 달여를 못가서 다들 지고 말았습니다.

진달래가 국화를 닮으려 하지 않고 눈 속의 복수초가 한여름에 피려고 하지 않음으로 해, 자연은 절기마다 변함없는 모습들로 반겨주고 있습니다. 만약 사람들의 욕심보와 시기심을 닮아 서로 예쁜 꽃을, 서로 좋은 계절에 피겠다고 시기하고 질투한다면 어찌 되었을까 생각하면 꽃들의 무심무상無心無想의 생이 천만다행이지 싶은 괜한 생각을 해보게도 됩니다.

신이 인간에게 사고하는 능력과 마음 쓰임 훈련을 시키기 위해 욕심이라는 것과 자제하는 분수로움을 주었습니다. 욕심을 잘 다독이고 자제시켜 분수에 걸맞게 살라 함이겠지요.

초등학교 시절 다 쓰다 남은 몽당 연필을 대롱에 끼워서 끝까지 쓰던 시절이 있었지요. 우리 반에서 아버지가 학교 앞에서 사법서사를 하시는 잘사는 친구가 있는데, 하루는 나하고 내 짝꿍을 부르더니 새 연필이 그득한 필통을 열어 우리에게 한 자루씩 주는 거예요.

나는 고맙다고 받았는데 짝꿍은 동생 주게 하나만 더 달라고 하니 친구는 안 된다고 하고, 다시 더 달라고 보채니 친구가 연필을 도로 빼앗고는 교실 밖으로 나가더군요. 그러자 짝꿍은 눈물을 글썽이기에 내가 짝꿍에게, "야 우리 반 애들이 얼마나 많은데 너하고 나만 불러서 한 자루씩 주는 것도 고마운데 뭘 더 달라고 떼를 쓰니. 그러니 받은 것마저 빼앗기고 말지!" 그러고는 내가 받은 연필을 짝꿍에게 주면서 "나도 동생이 있어, 이거 가져" 했습니다. 나중에 보니 짝꿍이 내 필통에 그 연필 두 자루를 다시 넣어놓았던 일이 있었습니다.

아주 어린 시절 일이었는데 어찌 이리 또렷이 기억나는지 모르겠습니다.

김한경 시인의 차 한 잔의 행복

흔적

꼭 한 번뿐인 이 한세상

훌훌 털고 떠난다는 일이

참으로 어렵고 힘든 일인데

그리 재촉하지 않아도

언젠가는 갈 길인 걸

왜 그리 서둘러 스스로 가야만 했을까….

떠나고 나니

뭉게구름 떠 있다

흩어진 자리

옷깃 스친

한 점 바람….

남도 여행

지난 11일, 고교 동창 5명이 전남의 고흥·여수·순천을 여행하였답니다. 용산 기차역에서 오전 7시 15분 고속전철로 출발, 첫날은 고흥 나로호 발사 현장과 쑥섬을 갔답니다. 저녁 숙소는 방 2개에, 3명과 2명이 나누어 자야 하는데 술을 안 하는(비주류) 2명과 술을 먹는(주류) 3명으로 나누어 자기로 하였지요. 저는 주류 쪽으로 배정되었지요.

숙소에 짐을 풀고 났는데 제 생명줄인 당뇨 약봉지가 없는 거예요. 가방 속을 아무리 찾아도 없어 서울에서 하룻밤을 잔 단골 사우나에 전화를 해보니 책 한 권만 있고 약봉지는 없다는 거예요. 낙심을 하고 걱정을 하니, 당뇨 환자인 친구 하나가 자신의 당뇨약을 나누어 먹자면서 두 봉지(하루분)를 내게 주었습니다.

3일 정도는 안 먹어도 괜찮다는 친구들의 위로에 힘을 내

샤워를 하고 침대로 와보니 내가 앉아 있던 자리에 약봉지가 있는 거예요. 약봉지를 꺼내 깔고 앉아서는 약봉지를 찾았던 거예요. 한참을 깔깔대고는 나가서 생선회와 매운탕으로 술과 저녁을 잘 먹고는 숙소로 돌아와, 쑥섬을 무리해 올라서인지 친구가 타준 커피도 못 마시고 그냥 잠에 빠져들었답니다.

그런데 두 친구가 얼마나 코를 골아대는지 잠을 깬 시간을 보니 밤 1시, 그 이후로는 쌍나팔 소리에 뒤척이기만 하다가 새벽 4시경 깜박 잠을 자고는 5시경 깼는데 방에 불을 켜면 너무 밝고 불을 끄면 너무 어두워, 화장실 불을 켜고는 문을 조금만 열어놓았지요. 그리고 얼마 후 갑자기 방안에서 변 냄새가 진동을 해보니 친구 하나가 화장실 문을 열어 놓은 채 볼일을 보고 있는 거예요. 문 닫으라고 소리치니 "아니 어둡다고 문을 열어놓으라고 했잖아." 하더군요. 냄새가 너무 심해 창문을 열어놓았더니 잠시 후 한 친구가 재치기를 계속해대며 감기 걸렸다며 호들갑을 떨기도 하였답니다.

다음 날은 순천 선암사를 가는데 한 친구가 술로 인해 탈이나 자주 화장실을 가기에, 따라오지 말고 점심 먹을 식당에서 기다리라고 했지요. 점심을 먹는데 배탈이 난 친구 왈 "나 오늘 절대 술을 안 먹을 테니 술 권하지 말라고." 하니 친구들이 "지가 더 먹자고, 더 먹자고 우겨서 먹어놓고는 우리가 억지로 먹인 것처럼 하는구만." 하며 한참을 깔깔대고 웃었답니다.

작년에 중국 계림을 여행했던 친구들인데 그때도 저를 앞에서 끌고 뒤에서 밀어주고 했는데 이번에도 밀고 끌어주는데 보니 아직도 다리 건강들이 씽씽한 것에 부러움을 느끼면서, 앞으로 저도 술을 줄이고 걷기 운동을 열심히 해야겠다는 다짐도 하게 되었답니다.

섬 아낙

바닷물이 드나들다 비워둔 자리
바다의 앙금울 지우려다
속살까지 검게 태운 갯벌 위에서
아낙은 무엇을 줍고 무엇을 묻으려
평생을 갯벌 위 엎드려 있다.
아낙으로 살아가는 방편이기보다는
지어미로 남기 위한 수단 같아서….

김한경 시인의 차 한 잔의 행복

뭍을 향해 서면 바다가 그립고
바다를 향해 서면 뭍이 그리워
갯벌 속 여린 사랑 캐내고 있다.
남은 여생 갯벌 속에 파묻고 있어.

사위 사랑

집안처럼 가깝게 지내는 후배가 있는데 서울에서 살면서 모 식품회사를 다니다가 나이 40에 혈압과 신장이 안 좋아 쓰러졌습니다. 직장을 퇴직하고 5년여를 중환자로 지내가다 부산으로 이사해서 지금은 많이 좋아진 상태이지만, 아직도 약 보따리를 끼고 가끔 입원을 해가면서 이런저런 잔병치레를 자주 하는 편이랍니다. 지금 그 후배 나이가 65세이니 근 20년이 넘었지요.

그런데 그들 부부는 장모님이 돌아가실 때까지 20여 년을 모시고 살았답니다. 그 어머님도 10여 년을 누워계시다가 8년 전 돌아가셨으니 제수씨는 10여 년을 넘게 중환자 두 분을 수발하였으니 힘들었던 세월은 이루 말로 표현할 수가 없겠지요. 그럼에도 제수씨는 이웃들이 보기 드문 효녀, 효부라고 칭찬이 자자하답니다. 후배 또한 제수씨의 극진한 간호로 살아서 제2의 인생을 살아가고 있다는 고마운 마음을 굳게 간직하고 있기도 하답니다. 그래 후배는 그저 고마움으로 간병인이자 생명의 은인인 제수씨의 말이라면 의사의 지시로 알고 따르면서 살고 있었지요. 제수씨는 가끔 짜증 나는 일도 있다 보니 후배가 화풀이 대상이 되기도 하지만, 후배는 전혀 대꾸 없이 쥐 죽은 듯이 잘 지내고 있었답니다.

그런 어느 날 후배는 제수씨에게 산에 욕 바위를 하나 만들어놓았는데, 그곳에 가서 목청을 가다듬어 소리소리 욕을 해대면 기분이 좋아진다고 하더래요. 나름대로 스트레스 해소의 지혜로운 방법이겠지요. 거기에 제수씨는 누구 욕을 하느냐고 묻지 않았답니다. 내게 욕을 했을 게 불 보듯 뻔한데, 묻는 사람이 어리석다고 말입니다. 그 욕 바위는 이사하기 전 집에서 구덕산 옆 시약산 등산로를 20여 분 오르다 사람들이 잘 안 오르는 곳으로 10여 분을 가면 아주 큰 바위가 나오는데 그곳이 바로 욕 바위라고 하더군요. 그런데 이사를 해 너무 멀어서 못 가고 있어 다시 가까운 곳에 한 곳을 만들어놔야겠다고 한답니다.

후배는 자신도 환자이지만 누워계신 장모님 팔다리를 매일이다시피 주물러 드리는데 어머님이 주물러 주는 사위의 손을 자꾸 꼬집더래요. 그래 "어머님 왜 자꾸 손을 꼬집으십니까?" 물으면, "뱀 같아 미워서 그런다."고 해서, 그다음부터는 실장갑을 끼고 주물러드렸더니 장갑 벗으라고 난리시더래요. 그래 제수씨가 "엄마가 자꾸 손을 꼬집으니 그러지." 하며는 엄마는 "내~가 언~제…" 하며 노래를 부르신답니다. 그래도 후배는 장모님에게 싫은 내색 한번 안 하고 꼬집히면서도 주물러드린답니다(실은 손에 힘이 별로 없으시니, 아프지는 않다고 하더군요). 그리 20여 년 장모님을 모시고 살았으니 요즘 세상에서 보기 드문 참으로 착한 사위 아들이지요.

엊그제 제수씨가 서울 집안에 잔치가 있어 식구들이 다 하루 자고 가라고 붙잡으나, 남편 밥 챙겨주어야 한다면서 하룻밤을 못 자고 그냥 부산으로 내려가는 사람이랍니다. 사랑이란 저절로 그냥 받게 되는 게 아니라, 사랑을 받는 사람이, 사랑을 주는 사람에게, 남들이 알게 모르게 살금살금 조금씩 건네준 사랑이 눈덩이처럼 커져, 커진 눈덩이 사랑을 되돌려 받게 되는 것이랍니다.

김한경 시인의 차 한 잔의 행복

동안거

동안거冬安居 백일
법당 안에만 앉아
무엇을 하시었는고?
누더기 두루마기
검정 털신에, 걸망 메고
산문山門 밖을 나서는데
보니
오-메
몸은 행운유수行雲流水요
마음은 광풍제월光風霽月이야.

문우文友의 마음씨

이십여 년 전 필자가 서울 문인단체에서 활동하고 있을 때, 당시 아는 문인들이 인사동에서 주점이나 찻집들을 하고 있어 자주 찾던 곳이 있습니다. 많은 문인들이 모여들어 초면의 자리에서도 인사 나누고 풍금도 치고 기타도 치면서 노래하던 그곳 인사동이지요.

그 당시 함께 활동하던 문우文友와 이십여 년 만에 만나, 그곳을 찾았는데, 주점이나 찻집을 하던 문인들은 다들 세상을 떠나고 없어서인지 인사동의 낭만은 생소한 게 추억의 뒤안길로 사라지고 말았답니다.

저녁이 되자 외국인 세 사람이 기타에 트럼펫, 색소폰 등으로 연주를 하고 사람들이 음악에 맞추어 손뼉을 치면서 춤들도 추는데, 경찰이 오더니 못하게 해, 이유를 물었더니 주변 상인들이 돈을 받는 영업행위를 한다고 신고가 들어와서라고 하더군요. 다시 서서히 걸어 내려오는데 그 외국인들이 문 닫은 어느 점포 앞에서 다시 연주를 하고 있더군요.

얼마 후 그 문우를 다시 만나기로 약속, 12시 40분 청량리에 도착한다고 알렸답니다. 역에 도착하니 그 친구가 미리 마중을 나와, 제가 밤 기차로 내려가면서 먹을 야식거리에 술까지 준비를 했더군요. 언제 나왔냐고 물으니 2시간 전에 왔다고 하길래, 아니 뭐 2시간씩이나 나와서 기다리느냐고 하니, 그 문우 하는 말이, "아니 4시간이나 오는 사람도 있는데 그깟 2시간이 뭐 대단하냐?"고 하더군요.

문우를 배려하는 그 따듯하고 고마운 마음씨에 취해, 저는 지금도 잔잔한 행복에 젖어 있답니다. "4시간을 넘게 오는 사람도 있는데 두 시간 마중 나와 기다리는 것이 뭐 대단하냐?"는 말이 귀에서 짤랑짤랑 지워지지 않으면서…. 내 그런 문우를 이십여 년 까맣게 잊고 살아온 자신이 너무 부끄럽고 미안함에 용서를 빌면서, 다시 만나게 된 것이 내겐 큰 축복이라는 생각을 하면서 말입니다.

당신은

곁에 있으면
마음이 평온하고
손을 잡으면
온몸이 따듯하다.

당신은
나의 체온이야.

아름다운 사람

집사람 간병으로 수년간 문단 문우들과 연락을 끊고 살다가 집사람이 떠난 뒤 다시 몇몇 문우들을 만나게 되었는데, 그중 창작 작업에 서로 자문을 해주는 문우 한 사람이 있답니다. 수필가이며 화가인 문우인데 어린이의 맑은 영혼을 지닌 분으로 이웃들과 항상 나누며 사는 분이랍니다.

그래 제가 서울에 가서 만나게 되면 식사는 물론 잊지 않고 차비까지도 꼭 챙겨주시는데, 그것은 저뿐만 아니라 그를 아는 문인들 모두에게 그리 베푼답니다. 그렇다고 재산이 많은 사람도 아니랍니다. 그냥 남에게 손 내밀지 않고 열심히 일하며 생활하는 형편이랍니다.

그런데 그 문우가 절을 자주 찾아가는 편인데, 갈 때마다 필자의 돌아가신 부모님과 집사람을 위해 일 년이 넘도록 극락왕생 촛불 기도를 해주고 있답니다. 참으로 고마운 분이시랍니다. 그러나 저는 그에 상응하는 보답을 해야 하는데, 그저 고맙다는 말과 마음뿐이니 어찌해야 할지 모르겠답니다.

사실 주고받는 것도 어느 정도 형평성이 이루어져야 지속 되는 법이거늘, 저같이 받기만 하는 경우 얼마나 가게 될지는 모르지만… 아무튼 각박하기 그지없는 세상에서 이런 고마운 사람이 있다는 것은, 저의 부모님과 집사람이 제게 보내 주신 분이라는 생각을 자주 해보게도 된답니다.

사람들의 만남에는 선연과 악연이 있다고들 하고, 저도 그 리 알고 있었지만, 저 문우를 만나고 나서는 선연이든 악연이 든 그것은 상대가 아니라 자신 스스로가 만들어 간다는 깨달 음도 얻게 되었답니다.

그래 저는 요즘 그 문우의 베푸는 마음씨를 닮지는 못할망 정 몹쓸 미움들만이라도 버리려는 수행을 열심히 하고 있답 니다. 큰 것이 아닌 작은 것에서 이웃과 나누며 사는 저 아름 다운 마음씨를 닮고 싶은 마음에서 말입니다.

내일은

무사히
잘 보낸 어제는
엄마 사랑이었고

오늘 이리 편함은
임자 사랑 때문이야.

내일은
누구의 사랑으로
지내게 될까.